Le Refuge aux roses

DE LA MÊME AUTEURE :

Les Fiancés du Rhin, roman, Chicoutimi, Éditions JCL, 2010, 790 p.

Les Ravages de la passion, tome V, roman, Chicoutimi, Éditions JCL, 2010, 638 p.
La Grotte aux fées, tome IV, roman, Chicoutimi, Éditions JCL, 2009, 650 p.
Les Tristes Noces, tome III, roman, Chicoutimi, Éditions JCL, 2008, 646 p.
Le Chemin des falaises, tome II, roman, Chicoutimi, Éditions JCL, 2007, 634 p.
Le Moulin du loup, tome I, roman, Chicoutimi, Éditions JCL, 2007, 564 p.

Les Marionnettes du destin, tome IV, roman, Chicoutimi, Éditions JCL, 2011, 728 p.
Les Soupirs du vent, tome III, roman, Chicoutimi, Éditions JCL, 2010, 758 p.
Le Rossignol de Val-Jalbert, tome II, roman, Chicoutimi, Éditions JCL, 2009, 792 p.
L'Enfant des neiges, tome I, roman, Chicoutimi, Éditions JCL, 2008, 656 p.

Le Val de l'espoir, roman, Chicoutimi, Éditions JCL, 2007, 416 p.

Le Cachot de Hautefaille, roman, Chicoutimi, Éditions JCL, 2006, 320 p.

La Demoiselle des Bories, tome II, roman, Chicoutimi, Éditions JCL, 2005, 606 p.
L'Orpheline du Bois des Loups, tome I, roman, Chicoutimi, Éditions JCL, 2002, 379 p.

Le Refuge aux roses, roman, Chicoutimi, Éditions JCL, 2005, 200 p.

Le Chant de l'Océan, roman, Chicoutimi, Éditions JCL, 2004, 434 p.

Les Enfants du Pas du Loup, roman, Chicoutimi, Éditions JCL, 2004, 250 p.

L'Amour écorché, roman, Chicoutimi, Éditions JCL, 2003, 284 p.

Les éditions JCL inc.
930, rue J.-Cartier Est, CHICOUTIMI (Québec, Canada) G7H 7K9
Tél. : (418) 696-0536 – Téléc. : (418) 696-3132 – www.jcl.qc.ca
ISBN 978-2-89431-297-1

MARIE-BERNADETTE DUPUY

Le Refuge aux roses

Roman

LES ÉDITIONS JCL

Remerciements

Toute ma reconnaissance va à mon éditeur,
Jean-Claude Larouche ainsi qu'à mes chers amis,
Sylvie Dupuis, Brigitte Verniolle, Clément Martel
et Jean-Paul Malaval pour leurs bons conseils.

À tous les amoureux du monde...

Le véritable amour est celui qui ne meurt jamais.

Prologue

Margaret Williams gara sa voiture devant une imposante grille décorée de têtes de lions. Derrière des murs assez bas, recouverts de lierre, s'étendait un beau parc qui s'inclinait doucement jusqu'à un petit étang, en contrebas.

Au centre de cet écrin se dressait une bâtisse assez grande, construite en pierres brunes du pays, avec une toiture d'ardoises percée de lucarnes. Une tourelle rousse veillait sur cet ensemble. De facture ancienne et apparemment à l'abandon, la demeure s'habillait de superbes roses rouges encore fleuries au mois d'octobre! Veloutées et pulpeuses, abondantes et généreuses, elles étaient la seule vie qui se dégageait de ce tableau. Elles attiraient le regard par le contraste étonnant qui s'établissait entre leur couleur profonde et éclatante, et le bâtiment aux nuances assez sombres auquel elles s'adossaient.

Margaret trouva l'ensemble - comment dit-on en français? - absolument fabuleux! Un sourire à la fois triste et satisfait détendit ses traits gracieux. C'était son deuxième séjour à Pompadour, la prestigieuse cité du cheval.

Sa première visite remontait à vingt ans, du temps de ses fiançailles avec Andrews. Elle avait tout de suite su qu'elle reviendrait dans cette belle région de collines boisées, de sources et de ruisseaux, pour y dénicher un jour son second home, comme on dit de l'autre côté de l'Atlantique.

Margaret portait une luxueuse veste de fourrure avec un bonnet assorti qui cachait une courte toison bouclée, d'un noir bleuté. Son visage rond, presque poupin, devait tout son charme à ses prunelles d'un brun doré. C'était une Américaine distinguée et sophistiquée. La vie paraissait l'avoir marquée de ses épreuves et cette femme de quarante ans dégageait une bonté séduisante et rassurante. Pourtant, son caractère semblait bien tranché et elle était habituée à obtenir ce qu'elle voulait... Et justement, c'était cette maison qu'elle convoitait. De plus, elle croyait au destin et elle était bien persuadée que cette demeure l'attendait aussi!

Elle poussa sans difficulté le grand portail à la serrure cassée. Les ferrures usées grincèrent. Elle reçut au visage le vent plus froid qui agitait les arbres du parc, un vent au parfum de terre mouillée et de feuilles mortes.

Les lieux étaient aussi beaux que tristes. Elle aperçut à droite une sorte de construction à la peinture défraîchie et aux planches disjointes qui avait dû être un petit kiosque à musique. Nostalgique, il témoignait seulement des concerts qui n'auraient plus jamais lieu et du temps qui passe.

À gauche, un terrain vague, mangé par le chiendent, marquait l'emplacement d'un ancien potager. Une brouette en bois délavé, abandonnée sur une pelouse parsemée de folle avoine, contenait une bêche et un râteau à demi rouillés. Sur un des côtés de la maison, on distinguait un bâtiment laissé à l'abandon qui servait sans doute jadis de haras.

L'or et le cuivre des grands arbres mordorés par l'automne étaient ternis par la brume qui avait étendu son manteau sur l'étang, l'enserrant dans un cocon étrange et irréel. Un sapin de Douglas, sans doute victime d'une tempête, gisait là, foudroyé, silhouette fantomatique dans ce décor de grisaille.

Une allée creusée d'ornières se dessinait malgré les mauvaises herbes envahissantes.

Margaret avança, les yeux fixés sur la haute façade de pierres rousses aux volets fermés. Des ardoises brisées étaient dispersées au sol, comme pour attirer l'attention d'un hypothétique sauveteur. Au rez-de-chaussée, pourtant, elle vit une fenêtre faiblement éclairée. Il n'était que cinq heures, mais le ciel s'assombrissait déjà; il commençait à pleuvoir.

Au moment de frapper à la porte dont la peinture brune s'écaillait, Margaret hésita. Elle se jugea stupide de venir déranger la femme qui habitait là. Elle allait l'effrayer et ne réussirait pas à expliquer les raisons de sa visite. Auparavant, au village, une commerçante bien intentionnée la lui avait dépeinte comme une pauvre femme un peu folle et fatiguée, ayant eu trop de malheurs dans sa vie. Elle s'appelait Sylvie.

Une étrange détermination la poussa à frapper malgré tout. Elle attendit longtemps, frappa encore, agacée par ce silence et cette atmosphère sinistre. Ses pieds étaient gelés, elle frissonnait. D'une voix forte, dont l'accent se fit plus évident, elle cria:

« Il y a quelqu'un? Ouvrez, je vous prie! »

Margaret crut entendre parler. C'était très faible. On lui avait dit d'entrer, elle en était sûre. Intimidée soudain, elle tourna la poignée. Le battant s'ouvrit. Un hall plongé dans la pénombre lui apparut avec, au premier plan, sur une commode, un gros bouquet de ces mêmes roses rouges qui l'avaient attirée et charmée en arrivant. Il faisait aussi froid à l'intérieur qu'à l'extérieur.

La voix s'était tue et le silence lui sembla oppressant. Sans ces quelques paroles difficilement audibles, perçues l'instant d'avant, on aurait pu penser la maison déserte. Pourtant elle vit accrochée à la patère de l'entrée, à côté d'un manteau de femme, une grosse veste de daim fourrée de laine. Une paire de bottes en cuir, appartenant à un homme d'après leur pointure, étaient soigneusement rangées à côté d'un bâton de randonnée en bois verni au pommeau frappé d'un J. Ces quelques objets usuels, parcelles d'intimité, l'étonnèrent et la rassurèrent tout à la fois.

Margaret ne pouvait plus reculer. Elle devinait des portes latérales et, au fond, les marches d'un grand escalier. Gênée, le cœur battant d'une joie mêlée d'angoisse, elle entra. Personne n'était venu à sa rencontre. Le bruit de ses pas résonna sur le dallage noir et blanc.

Une voix s'éleva, plus nette, modulée et tendre, en provenance d'une pièce située sur la gauche :

« C'est toi, Jack? Le thé est prêt, mon amour, viens vite! »

Margaret s'arrêta net, stupéfaite. Ainsi, Sylvie ne vivait pas seule. Pourquoi l'épicière ne lui avait-elle rien dit? Un couple habitait cette demeure. Il était évident qu'elle n'oserait jamais demander aux propriétaires de vendre.

Elle eut envie de faire demi-tour. Mais l'atmosphère particulière de cette maison l'envoûtait; elle évoquait à la fois la désolation et la joie. De ne pouvoir s'expliquer cette contradiction l'intriguait. Elle devait aussi avouer qu'elle avait terriblement envie de mettre un visage sur cette voix si douce et amoureuse... D'un pas décidé, elle entra dans ce qui était une vaste salle à manger. La pièce lambrissée avait une allure de havre, avec ses délicates tentures couleur de jade.

Assise devant un guéridon, une tasse de thé à la main, se tenait une femme. Son regard d'un joli bleu de porcelaine semblait fixer Margaret.

Dans la grande cheminée, le feu était éteint. Faisant face à l'âtre, sur une table ronde agrémentée de chandeliers, étaient dressés les couverts pour deux personnes. Une housse recouvrait un meuble que Margaret identifia, à ses pieds galbés, comme une bergère Louis XVI. Elle aperçut une armoire de même style, une bibliothèque victorienne, un bureau ancien sur lequel se trouvait un sous-main, une pipe et une blague à tabac.

Les meubles auraient eu besoin d'un bon coup de chiffon, mais chaque détail révélait pourtant le goût du couple qui vivait là. Oui, malgré la poussière, les volets clos, la cheminée éteinte, cette pièce respirait l'harmonie, les effluves subtils d'un bonheur tranquille...

Sylvie – car il ne pouvait s'agir que d'elle – paraissait avoir une soixantaine d'années. Elle possédait une fragilité de porcelaine de Saxe. Elle était encore blonde, malgré les nombreux fils d'argent qui parsemaient ses cheveux coiffés en chignon. Un léger maquillage soulignait ses traits fins. Une robe d'été à la coupe sobre et distinguée moulait son corps menu. Un châle de laine recouvrait cette tenue inadaptée à la saison.

Singulièrement, elle éveilla un sentiment de respect et d'affection chez Margaret.

N'importe quelle personne sensée aurait immédiatement questionné la visiteuse sur son identité et le but de son intrusion. Mais Sylvie se contentait de sourire, son joli visage empreint d'une lassitude infinie.

« Est-ce bien moi qu'elle voit? » se demanda Margaret. Elle tendit une main gantée :

« Margaret Williams... Je cherchais le haras de monsieur Bonnier », s'empressa-t-elle d'inventer pour tenter de se justifier.

Sylvie sembla enfin s'éveiller à la réalité. Une ombre craintive traversa un instant son regard. Puis elle observa attentivement la nouvelle venue et déclara d'un ton extasié et étrangement joyeux, comme si l'accent de sa visiteuse était le sésame secret qui dissipait toutes ses inquiétudes :

« Vous êtes américaine, n'est-ce pas? Asseyez-vous, le thé est brûlant, nous allons le boire ensemble. »

Cette invitation brusque dérouta Margaret. Une idée bizarre traversa son esprit : la maison lui avait donné l'impression de l'attendre, sa propriétaire aussi... Elle hésita. Devait-elle rester? Elle n'arrivait pas à se décider. Cette femme était-elle folle ou simplement excentrique?

Sylvie montra un siège à sa visiteuse, puis insista en se lançant dans un long discours :

« Faites-moi plaisir. Les visites sont rares. Et mon Jack est toujours parti par monts et par vaux... Heureusement, il rentre tous les soirs. Nous vivons un peu en ermites. Jack travaille pour une compagnie d'assurances et il est contraint à de fréquents déplacements. Lorsqu'il revient, il est un peu fatigué et nous préférons rester en tête-à-tête. Il sera là dans une petite heure, sans doute. Il ne manquerait pas notre promenade dans le parc! Nous aimons tant admirer le crépuscule. Aucun crépuscule ne ressemble à l'autre, n'avez-vous pas remarqué? Mais ce soir, il faudra que je me couvre chaudement. Vous comprenez, j'ai mis une toilette habillée; aujourd'hui, nous fêtons, Jack et moi, notre anniversaire de mariage. J'ai préparé un civet de lièvre, c'est le plat préféré de mon mari. »

Un agréable fumet de viande mijotée s'échappait

de la cuisine. C'était donc cela, cette tenue apprêtée et le joli couvert disposé dans la grande pièce... Le couple fêtait aujourd'hui un événement heureux. Cette femme possédait finalement toute sa raison.

Sylvie poussa la tasse de thé devant son invitée:

«Tenez, buvez, je vois bien que vous êtes transie. Cela vous fera du bien. Vous avez sans doute quelques minutes. Sauf si vous êtes attendue par un mari ou un fiancé? Madame... ou mademoiselle?»

Ce fut, à vrai dire, une des seules questions personnelles que devait poser Sylvie à sa visiteuse durant le séjour de celle-ci en Corrèze.

«Mademoiselle... murmura l'Américaine, le regard soudain voilé de chagrin. J'ai eu un fiancé.»

Margaret n'aimait guère parler de ce drame qui avait endeuillé sa jeunesse. Pourtant, cette femme à la voix douce et à la silhouette fragile lui avait d'emblée inspiré confiance.

«C'est lui qui m'a fait découvrir cette région, continua-t-elle lentement. Il se passionnait pour l'équitation. Il est mort à vingt-cinq ans dans un accident de la route. Je suis restée fidèle à son souvenir. Je n'ai jamais voulu me marier. J'ai souvent regretté de ne pas avoir d'enfant, mais j'ai des neveux et des nièces.»

Margaret interrompit ses confidences, un peu honteuse de s'être livrée aussi facilement.

Sylvie posa sa tasse. La visiteuse lut dans ses yeux un éclair soudain d'intérêt, comme si ce triste épisode de sa vie, malencontreusement confié, avait fait naître entre elles un courant de sympathie.

«Je vous comprends tant, mademoiselle, dit tout à coup Sylvie d'un ton pensif et chaleureux, les mains cachées sous son châle noir. Vous êtes restée fidèle à votre passion... Je peux le concevoir, car nous nous aimons si profondément, Jack et moi. Oui, notre amour est hors du commun. Vous vous demandez sans doute qui je suis, n'est-ce pas? Au bourg, on a dû vous dire que j'étais folle. Les gens sont médisants. Ils n'aiment pas notre façon de vivre. Nous nous suffisons l'un à l'autre, nous n'avons guère besoin de les fréquenter. Oui, nous vivons autrement... Cette maison est notre refuge, le refuge de notre amour. Je sens que je pourrai vous parler à cœur ouvert: vous avez aimé et souffert. Vous comprendrez, j'en suis sûre, notre histoire. Aujourd'hui, vous voyez, c'est un jour exceptionnel. Nous allons dîner aux chandelles. Mais je serais si contente si vous reveniez demain, à la même heure. J'ai envie de vous parler, car vous m'êtes sympathique. Et puis, vous êtes américaine... Mais j'y pense, vous n'avez peut-être pas prévu de séjourner ici longtemps?»

Margaret sourit à son hôtesse. Sylvie avait su éveiller sa curiosité. Elle la trouvait aussi très attachante. Mais cela ne suffisait pas à expliquer le sentiment bizarre qu'elle éprouvait dans cette maison. Une sensation qu'elle n'avait pas éprouvée, elle, la solitaire, depuis des années: celle que son arrivée était désirée, bienvenue. Quelque chose d'autre aussi, beaucoup plus difficile à formuler... Et puis, elle voulait en savoir plus sur Sylvie, et sur l'histoire de son amour pour Jack.

«J'ai réservé une chambre à Vigeois! avoua-t-elle. Mon fiancé Andrews et moi aimions beaucoup ce village construit à flanc de coteau. La Vézère est si belle, là-bas. J'en garde un magnifique souvenir.»

Sylvie enchaîna :

« Votre pays, l'Amérique, m'est aussi très cher. J'y suis allée, oui, quand j'étais plus jeune... Je vous attends demain ici à la même heure. D'accord, n'est-ce pas? Jack sera là, avec un peu de chance. Il sera si content de faire votre connaissance. Il est américain, lui aussi... »

Margaret se reprocha son indiscrétion. Jack allait bientôt revenir et pour rien au monde elle ne voulait troubler l'intimité du couple, un soir comme celui-là. Elle acquiesça et se leva. Puis elle salua aimablement son hôte et reprit l'allée qui conduisait au portail. Elle distingua à peine la tourelle ronde de la demeure et les hautes frondaisons du parc. Le domaine était maintenant totalement noyé dans le brouillard automnal.

*

Margaret avait attendu avec impatience l'heure convenue du rendez-vous. Malgré le temps maussade, après un bon repas à l'auberge de la Marquise, un restaurant réputé de Pompadour, elle avait décidé de partir en promenade. Elle avait mis sa journée à profit pour visiter la région environnante et Lubersac, un bourg pittoresque.

La brume persistait et, comme la veille, il lui sembla entrer dans un autre monde en franchissant le portail du parc. Cette fois-ci, la lumière filtrait dans le vestibule et aux fenêtres de la salle à manger. Sylvie l'attendait sur le perron, emmitouflée dans son châle.

« Entrez vite, mon Jack n'est pas encore de retour. Il rentre si tard, parfois. En attendant, je vais pouvoir vous conter notre histoire, comme je vous l'ai promis. »

Elles empruntèrent le vestibule pour rejoindre la grande salle. Sylvie avait fait un peu de ménage, mais la pièce avait toujours cet air de désolation que donnent souvent, aux jours humides et gris, les âtres éteints.

Margaret sourit chaleureusement à Sylvie et répliqua d'un ton enjoué, en laissant libre cours à son accent :

« Oh! oui, racontez, madame, je suis sûre que cela me passionnera... Mais d'abord, voulez-vous que j'allume un feu, nous serions mieux pour bavarder au coin de la cheminée! »

Sylvie haussa les épaules. Avait-elle seulement conscience du froid humide qui régnait dans ce salon?

« Vous avez raison, chère madame, répliqua-t-elle aimablement. Mais, dans ce cas, allons à la cuisine. Il y fait bon. Le poêle marche. J'ai préparé une soupe de légumes. »

Margaret se leva aussitôt, exaltée par ce qu'elle considérait un peu comme une aventure. Son hôtesse l'imita, mais avec des gestes lents, timides. Les deux femmes traversèrent le couloir, entrèrent dans une petite pièce plus gaie que la grande salle de séjour. Sylvie alluma la lumière.

Des carreaux de faïence ornaient les murs agrémentés de motifs floraux, et les peintures jaunes accentuaient l'impression de chaleur. Une soupe à l'odeur alléchante mijotait sur le coin de la cuisinière. Sur la table se trouvaient deux assiettes creuses. Sylvie les regarda d'un air étrange et, en soupirant, s'installa sur une chaise. La lumière d'une vieille suspension à l'abat-jour d'opaline rose donnait à la frêle sexagénaire un air de jeunesse éternelle et en même temps une sorte de transparence.

Margaret, sans façon, s'assit sur un tabouret, très près du vieux Godin rougeoyant. Elle était prête à y passer des heures, fascinée par Sylvie et l'ambiance insolite de la maison.

« Comme ça, demanda-t-elle, vous êtes déjà allée aux États-Unis. À New York, peut-être? »

La voix de Sylvie frémit pour répondre d'un ton rêveur :

« Non, pas à New York! En Louisiane... »

1
Les souvenirs de Louisiane

Je n'ai jamais pu oublier mes premiers jours en Louisiane. J'étais partie là-bas comme jeune fille au pair, dans une famille très sympathique.

J'avais quitté Saint-Germain-de-Confolens, d'où je suis native, un peu inquiète à l'idée d'un si long voyage toute seule. Je suis une enfant de ce pays, vous comprenez... une enfant du Limousin. J'étais attachée à ma ville, à ses vieilles rues, à ma campagne encore sauvage, pleine de mystère. Mais j'avais dix-sept ans. À cet âge, on a tellement besoin de s'envoler, de découvrir le monde.

Ce départ, quelle émotion! Maman qui pleurait sur le quai de la gare d'Angoulême, papa qui me répétait les mêmes conseils des dizaines de fois. Mon cousin Emmanuel était là, lui aussi. Il cachait mal sa tristesse. C'est le fils adoptif de mon oncle et de ma tante. Nous nous sommes toujours très bien entendus. Mes parents caressaient même le désir secret de me voir l'épouser... Moi, je l'aimais comme un frère.

Ensuite... je suis arrivée à Paris, et là j'ai pris l'avion! Je me revois dans ma petite robe toute simple, avec mes cheveux sur les épaules. Je me croyais une vraie pionnière. Puis il y a eu la Louisiane, la Nouvelle-Orléans. Quel changement de décor, de vie! Tout était nouveau pour moi, les parfums, les sons, les couleurs, les habitants. Il y a de cela plus de trente ans mais parfois, le soir, en été, je crois encore entendre les mille bruits des bayous, ces marais immenses qui sont un peu l'âme de la Louisiane: les glissements d'une bête sur la mousse, la chanson des crapauds, les appels des oiseaux, le froissement des feuilles...

Madame Bedford, chez qui je travaillais, m'a emmenée en visite chez ses amis. Elle était fière de sa petite Française. Elle me traitait vraiment comme quelqu'un de sa famille. Un soir, elle a confié ses enfants, Betty et Ted, à sa sœur, et nous sommes allées à une réception donnée dans une de ces magnifiques demeures à colonnes blanches, les célèbres maisons des anciens planteurs. Oh! Le parfum délicat, si suave des magnolias en fleurs! Tout le parc embaumait. À un moment, je me suis échappée des salons ouverts sur la nuit et je me suis promenée seule, vêtue d'une robe superbe prêtée par madame Bedford.

J'ai joué les princesses: en cachette, j'ai commencé à valser sur la pelouse... Et Jack est venu me surprendre. C'était un ami de la famille qui m'hébergeait. Je l'avais donc déjà rencontré. Dès le départ, il m'avait fait une impression étrange. Il parlait assez bien le français et il me faisait rire. Il n'était pas ce que l'on appelle beau... non, il était plus que cela. Toute sa séduction tenait dans son regard: des yeux profonds, énigmatiques, doux et rieurs. Il avait une dizaine d'années de plus que moi. Je le trouvais gentil, drôle, intelligent. Avec lui, je m'étais immédiatement sentie en confiance; nous bavardions souvent quand il rendait visite à John. John, c'était le mari de madame Bedford. Elle s'appelait Jennifer.

Donc, ce soir-là, Jack m'avait observée un peu avant de se manifester, je l'ai su plus tard. Il m'a abordée en disant:

« Que vous êtes jolie, Sylvie, avec ce maquillage et cette robe! »

J'ai ri, un peu gênée. La nuit était si belle, je me sentais une autre jeune fille, plus libre, plus séduisante. Ma vie s'ouvrait devant moi.

Jack m'a pris la main et m'a guidée à travers les arbres gigantesques du parc.

«Je veux vous présenter le plus vieux magnolia de Louisiane! disait-il. Un témoin de tant d'amours et de guerres.»

Je le suivis, d'abord amusée, puis troublée de me retrouver seule avec lui. Soudain il s'arrêta:

«Sylvie, petite Sylvie, tu me plais beaucoup, trop. Quel dommage que tu sois si jeune! Tu deviendras une femme adorable, un jour! Mais je ne serai plus là.»

Je ne savais pas comment lui répondre. Je me sentais fragile, désemparée par le regard étrange qu'il posait sur moi, sur mes épaules, sur mon corps. Mais aussi un peu froissée qu'il ne me juge pas assez grande pour lui.

Il y avait toujours autour de nous l'ambiance chaude et moite du bayou voisin, le cri d'un animal inconnu et le parfum entêtant, obsédant des magnolias. Jack réussit à cueillir une fleur sur une des branches les plus basses. Une fleur charnue, d'un blanc crémeux. Il me l'a offerte. Je me souviens parfaitement du contact des pétales et de la senteur grisante qui s'en dégageait. Lorsque j'ai relevé la tête, émue, Jack était tout près de moi. Il a murmuré:

«Sylvie! Petite princesse...»

Ses lèvres m'attiraient de façon irrésistible. Imperceptiblement, il s'est approché, m'a serrée contre lui. Ses mains ont pris possession de moi, j'étais comme prisonnière de ses bras. Il a cherché ma bouche avec douceur, puis de façon plus autoritaire, en m'imposant son désir d'homme.

J'avais eu un ou deux flirts à Confolens, mais là, je découvrais un tout autre univers, celui de la passion virile, exigeante. Je pris peur et je me suis débattue. Ma pudeur se rebellait. J'avais avalé un peu d'alcool au début de la soirée, mais cela ne suffisait pas à me faire perdre la tête. Jack le comprit. Il me lâcha et recula :

« Pardonne-moi, petite fille! Tu me plais tant. Ce soir, tu avais l'air d'attendre ce genre de chose. Alors, j'ai répondu à l'appel que j'ai lu dans tes yeux. Tes si beaux yeux clairs. Tu sais, dès que je t'ai vue chez Jennifer, j'ai apprécié ton style sérieux, tes airs sages, tu es tellement française. »

Le charme était rompu. J'étais légèrement vexée. Je repris mes distances :

« Cela veut dire quoi, être "tellement française"? déclarai-je d'un ton agacé. Et pourquoi me tutoyer d'un seul coup, je n'aime pas ça. J'ai dix-sept ans! Je ne suis pas votre petite fille. »

Jack riait gentiment. Je me suis sentie un peu ridicule. Il ne pouvait pas imaginer à quel point j'étais bouleversée par son attitude, par notre isolement. J'ai pensé que madame Bedford pouvait s'alarmer de ma disparition. Elle serait sans doute mécontente de me retrouver seule avec un homme, même un de ses charmants amis, dans le fond du parc. J'ai fait demi-tour et j'ai marché très vite vers les lumières de la maison. Jack m'a rattrapée. Sa main a saisi un de mes poignets et il a posé un baiser sur ma joue.

« Mademoiselle Sylvie, ne m'en veuillez pas, je ne suis pas un séducteur sans scrupule, mais vous m'avez parue si attirante. Je ne recommencerai plus... »

Il m'a accompagnée jusqu'au perron et là, il est parti en direction du parking. Je regrettais déjà de ne plus être avec lui. Pourtant, le reste de la soirée s'est passé gaiement. J'ai beaucoup dansé avec des jeunes de mon âge. Moi qui étais si timide, si réservée, quelque chose avait changé. J'avais envie de montrer que je n'étais pas qu'une petite Française insignifiante et inexpérimentée!

J'ai revu Jack trois jours avant la date prévue pour mon retour en France. Un matin, il fit son apparition chez les Bedford et demanda à Jennifer la permission de m'emmener, une journée entière, visiter les sites les plus pittoresques de la région. De plus, il m'invitait à dîner dans le Vieux-Carré, le quartier le plus ancien de La Nouvelle-Orléans, où l'on voyait encore de vieilles maisons de style espagnol.

Jennifer guettait ma réaction. J'étais ravie de cette offre, mais je n'osais pas le montrer. C'était une femme chaleureuse et intuitive. Elle accepta en faisant promettre à Jack d'être très sérieux.

J'étais heureuse de le revoir. Je n'avais pu oublier le baiser échangé sous le magnolia. Nous avons passé une journée merveilleuse. J'étais toujours sous le charme de son regard malicieux, lumineux et sensuel qui donnait une séduction toute particulière à son visage. Il agrémentait nos promenades de commentaires pleins d'humour et d'intelligence, et souvent ses propos se teintaient de poésie.

Nous avons visité ensemble le bayou de Slidell. J'ai vu des alligators et des loutres énormes. Jack riait de ma surprise. Avec tendresse, il me traitait cette fois de petite fille. Pourtant, près de lui, je me sentais presque une femme, et en découvrant la plantation Oak Alley, avec sa belle allée plantée de vingt-huit chênes vénérables, je me suis imaginée vivant là, dans un cadre de rêve et connaissant les tourments d'un amour passionné. Comme j'étais naïve alors! Je ne savais rien de l'amour, en fait, mais la présence de Jack me troublait. Sa façon de me regarder, d'effleurer ma main ou mon épaule dans sa voiture.

Le soir, comme convenu, nous avons dîné dans un restaurant où il nous a été servi de la cuisine créole. Dans l'entrée, un grand miroir m'a renvoyé mon image et j'ai été surprise. Je me reconnaissais à peine. À cette époque, j'étais mince, frêle même, j'avais les cheveux longs et blonds. Étaient-ce toutes ces heures délicieuses passées avec Jack qui faisaient ainsi briller mes yeux, paraître plus gracieux un visage qui jusqu'alors ne me plaisait guère?

Le repas fut très gai. Je racontai à Jack mon enfance. Je lui parlai de Confolens. Je comparais les vieux quartiers, avec leurs maisons à colombages, à certaines villes très modernes de Louisiane. Il m'interrogeait souvent, amusé, et me demandait de nombreux détails sur les forêts, les ruisseaux, les petites chapelles, les légendes de mon pays. Si j'avais su, alors...

Au dessert, il me dit brusquement:

«Sylvie, tu veux savoir pourquoi, l'autre soir, je t'ai dit que tu étais tellement française? Oui! Eh bien voilà, tes compatriotes ont la réputation d'être très pudiques, elles aiment se faire prier et courtiser longuement avant de céder une parcelle de leur corps. Ici, les filles de ton âge sont bien plus libres et elles n'hésitent pas à multiplier les expériences amoureuses...»

Son discours me déplut. Je répondis d'un ton ironique, pour cacher ma déconvenue:

«En France aussi et à Confolens, les filles de mon âge font ce qu'elles veulent. Les Américaines n'ont pas l'exclusivité de la liberté sexuelle. J'ai des amies qui vivent librement mais moi, je ne suis pas ainsi. Je crois à l'amour, le vrai, cœur et âme confondus. C'est une expérience unique, un don total qui s'inscrit dans la continuité. C'est un lien indissoluble. Des relations aventureuses, basées sur un coup de tête, ne me tentent pas.»

Jack sourit à mes propos exaltés d'un air tendre et moqueur. Je me souviens de l'éclairage tamisé, d'un air de jazz joué par un saxo, en sourdine. J'étais si loin de mes repères d'adolescente, je ne savais plus qui j'étais vraiment à cet instant. Ces mots que j'avais prononcés, je les pensais certes, mais je les regrettais aussi. En fait, j'avais envie d'embrasser Jack, de retrouver l'étreinte de ses bras autour de ma taille, là, ce soir, maintenant!

«Si nous sortions, princesse! My darling!» ajouta-t-il, ce qui me fit rougir.

Nous avons marché le long de Bourbon Street, la rue la plus célèbre de la ville. Mon cœur battait vite, peut-être à cause du bras de Jack autour de mes épaules. J'étais jeune, si jeune. Cette émotion des premiers troubles amoureux, je la vis encore... parfois, quand j'attends de revoir Jack. Enfin... nous marchions dans la rue. Il y avait une atmosphère merveilleuse de chaleur et de fête. Partout, de la musique, des personnes qui riaient.

Jack m'a emmenée ainsi jusqu'à un parc de rêve. Je revois les fontaines, les fleurs exubérantes qui ressemblaient si peu à nos humbles fleurs de Charente. J'étais comme ivre de parfums, de sons. Et de sensations nouvelles...

Mon compagnon était étrangement silencieux et il me regardait souvent. Ce que j'ai lu dans ses yeux ce soir-là était doux et tendre, malgré le désir que j'y devinais. Sous un arbre immense dont je ne connaissais pas l'espèce, Jack s'est allongé. Il m'a tendu la main et, après avoir longuement hésité, je me suis couchée près de lui. Il ne m'a pas embrassée tout de suite. Il a patienté. Je suis sûre qu'il percevait les battements fous de mon sang. Puis il y a eu ses lèvres sur ma bouche, cueillant des baisers délicats, légers, presque immatériels. J'avais envie de vrais baisers, soudain éveillée au monde du plaisir. Nous étions en accord parfait, puisqu'il l'a senti. Ce fut une heure de griserie et de découverte. Les mains de Jack parcouraient ma robe, la froissaient...

Je ne me suis pas débattue, non, j'étais impatiente et affolée. Ses gestes me semblaient audacieux et bizarres, mais mon corps leur répondait. Je me croyais au paradis. Oh! ces baisers que l'on savoure à dix-sept ans, une nuit aussi magique... J'étais prête à me donner, à tout accepter, pourtant Jack n'en profita pas. Il préféra explorer mon corps de ses doigts habiles, me dévoiler peu à peu, m'imposer des caresses qui heurtaient ma pudeur, mais que je ne pouvais refuser et qui finalement ne me déplaisaient pas.

« Princesse, me dit-il brusquement, restons-en là. Tu vas partir, je ne te reverrai jamais, je ne peux pas aller plus loin. Tu es si douce, si câline. Dommage! »

Sur ces mots, il se leva. J'éprouvai une terrible sensation de frustration et de solitude. Je suis restée allongée, sous son regard brillant de fièvre. J'avais compris bien des choses ce soir-là. L'emballement du cœur, l'embrasement du sang et cet étrange sentiment qui fait que l'on se sent vibrer d'un même appel, d'une même exaltation. Le pouvoir qu'ont aussi les femmes sur les hommes.

Jack se jeta sur moi pour quêter d'autres baisers avides. Il gémissait, torturé, pris au piège, sans doute, de sa conscience. Devait-il céder au désir? Je le tenais serré contre moi, je voulais garder le souvenir de ce poids sur mes seins, sur mon ventre. Il a enfoui son visage dans mes cheveux pour murmurer :

« Viens, Sylvie, je dois te ramener. Il est tard. Tu me mets au supplice! Je ne dois pas! »

Et nous sommes rentrés, muets de désir, désolés d'être bientôt séparés. Je me faisais l'effet d'être étrangère à moi-même. Pourquoi cet homme me plaisait-il tant? Il était plus âgé que moi, il n'était pas beau... Cependant, un courant de folie amoureuse prenait vie entre nous au moindre contact. C'était ainsi.

Il m'a dit adieu en bas du perron de la maison des Bedford. Un seul baiser très chaste, un sourire un peu triste. Je suis entrée dans le hall, j'ai couru dans ma chambre. Je n'étais pas malheureuse, seulement exaltée par ce que je venais de vivre. J'étais une femme désirable, désirée. J'avais su vibrer douloureusement et voluptueusement dans les bras de Jack. D'autres expériences m'attendaient. J'avais toute la vie devant moi. Je m'éveillais!

Nous n'avions même pas songé à échanger nos adresses. Je suis rentrée en France comme prévu, avec au cœur un vague regret. Je gardais surtout le souvenir d'une passionnante aventure qui s'accordait aux images de la Louisiane.

Mes parents me posèrent mille questions. Je sus leur raconter mon séjour, mais je tus l'épisode de Jack. De toute façon, je ne me confiais pas vraiment à eux. Ma mère n'avait qu'une idée, me voir étudier;

mon père, plus distrait, me faisait confiance sur de nombreux points. Ils ne surent rien de l'étrange, fulgurante et fugace passion que j'avais vécue dans les bras de cet homme.

Au fond d'eux-mêmes, je crois qu'ils espéraient toujours que j'épouse un jour Emmanuel qui désirait devenir médecin. Nous étions très proches l'un de l'autre.

Je me souviens de l'arrivée d'Emmanuel au foyer de ses parents, puisque, comme je l'ai déjà dit, il fut adopté. C'était un jour de grande fête. Maman, papa et moi-même étions venus l'accueillir là-bas. Il avait dix ans, moi six à peine. J'étais fille unique et j'avais passé une petite enfance solitaire. C'était alors un gentil garçonnet brun, calme et rêveur. Il avait été placé sous la protection de la DASS et avait passé ses dix premières années déchiré entre une mère incapable de l'assumer et des familles d'accueil. Sa mère venait de décéder, et une adoption avait donc pu être envisagée.

Il apporta à mon oncle et à ma tante beaucoup de bonheur et trouva chez eux une stabilité.

Nos parents passaient la plupart de leurs week-ends et de leurs vacances ensemble. Emmanuel devint tout pour moi et je devins tout pour lui. Il fut mon confident, mon ami, mon cousin, mon frère, un autre moi-même. La sœur de maman, ma tante Solange, et son mari Louis habitaient tout près de Limoges, à Aixe-sur-Vienne, un lieu vraiment bucolique, tirant son charme de la belle rivière qui la traverse. Ce fut Emmanuel qui m'apprit à nager en bordure de ce cours d'eau. À pêcher aussi : nous partions tous les deux vers la Vienne munis de gaules et il usait de toute sa patience pour m'initier à l'art de saint Pierre. Parfois, il me poussait doucement du coude :

« Mon petit ange, me disait-il – car c'est ainsi qu'il m'a toujours surnommée –, baisse-toi et regarde! »

Alors, je me blottissais contre lui et nous admirions l'envol d'un héron cendré. C'étaient des instants magiques.

J'ai donc retrouvé mon pays, mes amis et Emmanuel. À lui seul, je confiai le trouble singulier que j'avais éprouvé dans les bras de cet homme. Il parut contrarié et me ramena à la raison :

« Un beau prince charmant qui t'a laissée partir sans même te demander ton adresse! Crois-moi, mon petit ange, il ne te méritait pas et tu dois l'oublier. »

Je m'appliquai à suivre son conseil. Je pensais de temps en temps à la Louisiane, aux baisers de Jack, mais cela prenait la forme d'un joli rêve. Un rêve au goût d'exotisme...

J'appartenais en fait au Limousin, à cette terre rude, encore un peu sauvage. J'aimais mon village de Saint-Germain, les ruines romantiques de son vieux château. J'appréciais aussi Confolens, ses rues étroites, les maisons à colombages... Les jours de marché, je tenais à faire les courses, pour le plaisir de flâner entre les étalages, de dénicher un bon petit fromage de notre terroir ou un pain plus savoureux que les autres. J'aimais suivre le rythme des saisons avec l'arrivée sur les étals de nouveaux fruits ou légumes.

Je voulais devenir infirmière. L'année suivante, j'obtins le diplôme nécessaire, mais, sur les conseils de ma mère, je fis une première année de médecine à Limoges. Papa loua un studio confortable et je connus la vie assez libre des étudiants. Je restais néanmoins sérieuse, refusant de multiplier les expériences amoureuses comme certaines de mes camarades. Je croyais à l'amour véritable et je l'attendais.

J'étais sûre de l'approcher, cet amour, en épousant Adrien. C'était en fait le meilleur ami d'Emmanuel, et les deux jeunes gens poursuivaient ensemble des études de médecine. Singulièrement, c'est donc par l'intermédiaire de mon cousin que je connus mon futur mari. Emmanuel dut en ressentir du dépit, mais il n'en montra rien. Son principal souci a toujours été de me voir heureuse.

Adrien était grand, avec un visage séduisant et beaucoup d'allure. Nous avions de nombreux goûts communs. Il terminait ses études et son statut d'interne rassura finalement mes parents qui se prirent d'affection pour lui. Ils oublièrent leur désir de me voir épouser Emmanuel.

Adrien apprécia mon côté sérieux, ma discrétion. Pour ma part, j'avais hâte de faire l'amour et de connaître enfin cette réalité. J'en avais eu un tout petit aperçu aux côtés de Jack, en Louisiane, mais je me doutais qu'il pouvait exister tout un monde de sensations et de plaisirs à découvrir. On en parlait tant, autour de moi.

Adrien fut mon premier amant. Malgré sa délicatesse et sa tendresse, je fus déçue. Ce n'était que ça? Le plaisir bien tiède, le corps un peu triste. Mais Adrien disait m'aimer et peu à peu je fus persuadée de l'aimer aussi.

Un an plus tard, nous étions mariés, devant Dieu et les hommes, dans l'église Saint-Vincent de Saint-Germain, où j'avais fait ma communion. Ce furent de belles noces, mes parents étaient enchantés. Moi, je me sentais heureuse, engagée dans une existence sans problèmes matériels. Le statut de femme de médecin me convenait. Nous allions habiter une maison confortable et, surtout, avoir des enfants. J'avais abandonné mes propres études.

Dix ans s'écoulèrent ainsi. Dix ans de douce entente, d'une complicité sincère... mais j'étais stérile. Cela m'affecta beaucoup. J'avais tant rêvé de pouvoir câliner le corps tiède d'un petit enfant! J'avais le profond désir d'en adopter un... Et il y eut ce jour du mois d'août, sur le «pont vieux»...

*

Margaret Williams n'osait pas bouger. Elle écoutait le récit de Sylvie sans jamais la quitter des yeux. Le visage de son hôtesse exprimait au fil de ses paroles une série d'émotions et de sentiments intenses. La maison aussi semblait écouter, tant était grand le silence qui les entourait.

Sylvie s'arrêta un instant. Elle se leva pour déposer la soupière sur la table. La vapeur odorante voila ses traits quelques secondes. Margaret crut voir des larmes sur les joues trop pâles. Elle attendait avec impatience la suite de l'histoire. Sylvie dut le comprendre. Elle servit le potage:

«Vous accepterez bien de dîner avec moi? Jack sera en retard comme d'habitude. Lorsqu'il arrivera, nous rajouterons une assiette. Cela nous fera du bien de manger chaud. Dites, je ne vous ennuie pas avec mes souvenirs? Je me suis déjà montrée bien bavarde!

– Oh non! Pas du tout, cela m'intéresse. Je suis très pressée de savoir, par exemple, ce qui s'est passé, Sylvie, sur le "pont vieux"?»

2
Souvenirs du Confolentais...

Le célèbre Festival de danse et de musique populaire de Confolens, connu dans le monde entier, allait commencer. Je me promenais dans ma ville. C'était l'heure que j'aime tant, quand le soleil jette des rayons sur les pierres des murs, sur les pavés mordorés des rues. Une lumière ambrée, très douce. Je marchais tranquillement, en contemplant les reflets de la Vienne.

Pour nous, le mois d'août est symbole de fêtes et de musique. Je ne me lassais pas d'observer et d'applaudir tous ces gens venus d'autres pays pour nous apporter leur culture et leurs chansons. Et ce soir où il faisait si bon, je rêvais... Je ne sais plus de quoi exactement... Peut-être d'un enfant aux yeux noirs, aux joues rondes, que j'irais chercher au Brésil ou au Pérou. Je me sentais légère. Je m'engageai donc sur le «pont vieux», peu pressée de rejoindre mon domicile. Le ciel était d'une beauté exceptionnelle, d'un bleu pâle semé de petits nuages très blancs. Au milieu du pont qui était presque désert, je vis un homme accoudé au parapet. J'aurais pu continuer mon chemin sans jamais le reconnaître, mais quelque chose dans son profil, dans sa silhouette, m'a frappée.

Je m'arrêtai un instant, incrédule. Son attitude me paraissait familière, pourtant j'étais encore incapable de l'identifier. L'insistance de mon regard a dû l'atteindre ou bien a-t-il eu une sorte... d'intuition? Il s'est retourné et ses yeux se sont rivés aux miens. Cette fois, je n'eus plus de doute. Jack, c'était bien Jack! Ici? À Confolens...

Il n'a pas hésité une seconde. Un grand sourire

l'a transfiguré et m'a bouleversée, car je me suis sentie projetée en arrière, douze ans plus tôt, victime du même sortilège. Oui, j'ai compris que rien n'avait changé, que cet homme me fascinait pour de mystérieuses raisons. Il s'est avancé vers moi :

« Oh! Sylvie! Quelle surprise! »

J'étais stupéfaite. Comment le destin pouvait-il nous mettre de nouveau en présence?

Il m'a serré la main chaleureusement tout en me dévisageant. Il avait un peu vieilli. Son front était plus dégagé, quelques mèches grisonnaient sur ses tempes. Mais pour moi, c'était toujours le même. Il parlait sans arrêt, comme pour s'étourdir :

« Quel hasard de te voir apparaître sur ce pont superbe! Je découvre la France pour la première fois et j'en suis émerveillé... Sylvie, si je pensais te revoir un jour! »

Je pus enfin placer un mot. Je n'éprouvais aucune gêne, aucun malaise. J'étais simplement ravie de cette rencontre et très amusée :

« Jack! C'est vrai que la vie nous joue des tours incroyables! Je rentrais à la maison et je n'étais pas obligée de passer par là. Et toi, tu es là qui rêves, accoudé à mes vieilles pierres! »

Il a éclaté de rire en mettant sa main sur mon épaule :

« Je crois que nous devons prendre un verre tous les deux pour fêter ça! Enfin, si tu as le temps, bien sûr?

– J'ai tout mon temps pour un ami, qui plus est, un ami d'Amérique. »

Nous avons fait demi-tour pour entrer dans la vieille ville. Nous nous sommes installés à une terrasse. Bizarrement, je me sentais exaltée. J'avais l'impression de n'avoir jamais vraiment quitté Jack, ce qui ne m'empêcha pas de lui poser les questions d'usage...

« Es-tu marié, Jack?
– Oui, depuis cinq ans. Et j'ai une petite fille qui se nomme Shirley. Aussi rousse et coléreuse que sa maman. »

En l'écoutant, je pensai qu'il n'était guère galant de présenter ainsi sa femme et son enfant. Mais il ajouta, en penchant la tête :

« Je les adore toutes les deux! Et toi?
– J'ai épousé un homme formidable. Il est médecin. Je fais office de secrétaire à son cabinet, mais ce n'est pas une obligation pour moi! »

Jack fronça les sourcils et me demanda avec étonnement :

« Mais... tu voulais être infirmière! Pourquoi n'as-tu pas poursuivi dans cette voie?
– J'ai passé mon diplôme, mais j'ai préféré devenir femme au foyer. Je n'ai cependant pas eu d'enfants... J'en suis très peinée et ça me manque! Cela me permet peut-être d'avoir plus de liberté. »

J'eus alors le courage de dire à Jack :

« Je ne croyais pas que tu te souviendrais de mon

désir d'être infirmière. Nous avons passé si peu de temps ensemble, en Louisiane... et je ne me souvenais même pas de t'en avoir parlé.

– Je n'ai rien oublié, Sylvie! Ni tes paroles ni tes gestes. Tout est enfermé dans mon cœur depuis des années. Tu étais une ravissante petite fille, fragile et timide. Tu avais fait ma conquête à cette époque. Maintenant je retrouve une femme très jolie, peut-être plus blonde, mais toujours aussi attirante.»

Je ne sus pas comment lui répondre. Pour me donner une contenance, j'ai siroté mon verre de pineau. Une phrase tournait dans ma tête: Jack ne m'a pas oubliée! Cela me faisait plaisir!

À ce moment-là, j'aurais dû me méfier. Le fuir. Je n'ai pas senti le danger. Je ne voulais voir en lui qu'un ami retrouvé. Pourtant, je revivais déjà au fond de moi nos étreintes, sous le magnolia, dans le parc de La Nouvelle-Orléans. Il me semblait que ces baisers dataient de la veille. Ce que je croyais enfoui et atténué avec le temps remontait à la surface avec force et précision.

Jack se taisait. Il me regardait. Je le vis se redresser, s'étirer discrètement, avant de me dire:

«Ma chère petite Sylvie! Je crois que, lorsque nous avons fait connaissance, notre différence d'âge a pesé pour moi très lourd dans la balance. Et tu voulais d'un amour qui s'inscrive dans la durée: indissoluble, disais-tu, je me souviens, et cela supposait tant de choses. Des choses que je n'étais pas sûr de pouvoir t'apporter. Disons que ta jeunesse et ton innocence m'ont alors effrayé. Dommage! J'aurais dû te garder prisonnière.»

Je restai sidérée. Ainsi, après toutes ces années, il

se souvenait des mots que nous avions échangés avec une troublante exactitude. Mais, cette fois, je me débattis contre le charme insolite dont il m'entourait. Je plaisantai :

« Au fait, Jack! Où sont donc ta femme et ta fille? J'espère que tu ne les as pas laissées en Louisiane, quand même?

– Si! Ma femme n'aime pas la France. Et nous sommes un couple très libre. J'avais envie de ce voyage. Elle m'a donné le feu vert, comme vous dites ici...

– Et tu es venu jusqu'à Confolens? Pour voir le festival sans doute?

– Oui et non. Je t'ai dit que je n'avais rien oublié. Tu m'avais tant parlé de ta ville, de ta région que j'ai voulu visiter ce coin en particulier. J'ai vu les affiches du festival. Je suis arrivé ici et j'ai pris une chambre chez la Mère Michelet, un hôtel-restaurant typique. Tu connais? »

J'acquiesçai. Bien sûr, je connaissais. C'était un des établissements les plus réputés de la ville. Mais j'étais vraiment émue. Jack était venu à Confolens parce qu'il se souvenait de moi, de ce que je lui avais dit de ce pays. Soudain, je me rebiffai. Ce n'était pas possible... Je n'avais pas pu, moi, Sylvie, le marquer à ce point.

« Jack! Tu exagères, ne me dis pas que tu es là à cause de moi. Je suis sûre qu'il y a d'autres raisons. »

Il se mit à rire. J'eus envie de l'embrasser aussitôt, tant sa présence me donnait des ailes. Je l'entendis murmurer :

« Je crois aux miracles. Je me disais que la chance

me permettrait peut-être de te revoir, et voilà! Tu es apparue au moment précis où je pensais à toi. C'est un signe! »

Il n'avait vraiment pas changé. Toujours aussi désinvolte et charmeur. Sa voix résonnait dans mon cœur, douce et enjôleuse. Je devais partir. Je me suis levée en lui tendant la main :

« Au revoir, Jack. Mon mari m'attend. Il va s'inquiéter. »

Il a gardé ma main dans la sienne en soupirant un « déjà » qui me fit sourire. Je n'avais pas envie de le quitter et une impulsion me poussa à déclarer de façon très naturelle :

« Tu pourrais peut-être venir dîner à la maison ce soir? Justement, mes parents et mon cousin Emmanuel viennent prendre l'apéritif. Ce n'est pas tous les jours que nous recevons quelqu'un qui vient d'aussi loin que l'Amérique dans notre famille. »

Jack accepta tout de suite. Sur un bout de papier, je lui expliquai comment venir chez moi. Il me restait une heure pour rentrer et prévenir Adrien.

« À tout à l'heure, Sylvie! Je suis enchanté de faire la connaissance de tes parents! »

J'ai pris le chemin du retour en chantonnant. Cette rencontre rompait le rythme un peu monotone de ma vie. Je refusais de réfléchir à ma conduite, mais des doutes s'imposaient tout de même. Était-ce raisonnable de présenter un ancien flirt à mon époux légitime? De plus, je savais très bien que Jack n'avait pas été un simple flirt. Il avait un pouvoir sur moi que je ne n'arrivais ni à analyser ni à combattre. Emmanuel serait là, lui aussi, et il savait tout de mon aventure en Louisiane. Ne risquait-il pas de commettre des impairs? Après tout, n'était-il pas normal d'éprouver du plaisir à retrouver un ami? Et les douze années écoulées ne constituaient-elles pas une durée assez longue pour faire oublier ou pour atténuer l'intensité de la rencontre...

Je chassai bien vite ces questions de mon esprit pour me préoccuper uniquement du menu du soir. Je me promis d'être une maîtresse de maison exemplaire et d'éblouir Jack par tous les moyens.

Enthousiasmé, Emmanuel était arrivé d'Aixe-sur-Vienne, où il exerçait son métier de médecin. Il avait découvert en Corrèze la maison de ses rêves, à Ségur-le-Château. Il nous la décrivit comme une charmante maison en pierre du pays. Il venait tout juste de l'acquérir. Ce splendide village médiéval avait eu le don de le conquérir. Il fut intarissable pour nous dépeindre le charme de l'Auvézère, la rivière qui passait au pied des ruines de l'antique château, les vieux quartiers, les demeures moyenâgeuses. Il nous confia même le double de ses clés pour que nous puissions découvrir, mon mari et moi, dès que nous en aurions le temps, le cachet unique du lieu, selon ses propres termes.

Pourtant, dès l'arrivée de notre hôte américain, il se changea en un piètre compagnon et ne desserra pas les dents. Emmanuel a toujours tout su de moi. Je pense qu'il a immédiatement perçu la force des sentiments que j'avais pour Jack. Il est parti après l'apéritif, prétextant les obligations de son métier. J'en ai éprouvé un réel serrement au cœur.

Ma petite réception fut cependant une réussite. J'avais mis une robe noire très simple, égayée par des bijoux anciens. J'avais laissé mes cheveux détachés et je m'étais légèrement maquillée. Ma mère me félicita d'ailleurs sur mon élégance :

« Comme tu es belle, ma chérie! Et quel dîner de choix! Tu t'es surpassée. »

Je lui ai répondu, non sans malice :

« Je devais faire apprécier à Jack la cuisine française, que dis-je, la cuisine de notre terroir. »

Jack eut un petit sourire. Il était en pleine discussion avec Adrien, sur les différences politiques existant entre les États-Unis et la France, mais il avait saisi au vol mes derniers mots.

Au début de la soirée, tout s'était bien passé. Mais au café la conversation se porta sur nos traditions, et mon père prit la parole pour critiquer durement certains traits de caractère typiquement américains.

Jack se lança dans un vrai débat, tout en défendant ses opinions. Cela suffit pour rendre méfiante ma mère qui déjà s'était étonnée de me voir inviter un ancien ami de Louisiane. Pourtant, Jack avait beaucoup parlé, à l'heure de l'apéritif, de la famille Bedford. J'y avais assumé parfaitement, selon lui, mon rôle de jeune fille au pair. Maman était une femme intuitive. Au moment de servir un bon cognac, elle m'entraîna dans la cuisine pour me poser une série de questions...

« Pourquoi ne m'as-tu jamais parlé de cet homme depuis tant d'années? Est-ce vraiment un ami des Bedford ou bien as-tu inventé cette histoire pour nous l'amener ici? Est-il sérieux? Quelles sont ses activités là-bas? »

« Là-bas » signifiait de l'autre côté de l'océan Atlantique et je ne pus que hausser les épaules, agacée.

Par chance, Adrien apprécia Jack et il le retint après le départ de mes parents. Ils firent une partie d'échecs. Adrien est imbattable à ce jeu. Je fus ravie de sa victoire. Il proposa spontanément à Jack de revenir chez nous durant son séjour à Confolens. Vers deux heures du matin, je raccompagnai notre invité jusqu'au portail.

Notre maison était entourée d'un beau jardin. Ce fut un plaisir singulier de marcher près de Jack, au milieu des parterres fleuris, sur le sable blanc de l'allée. Il ne dit pas un mot, gardant les mains dans ses poches. J'étais soudain intimidée. Être de nouveau seule avec lui, en cette tiède nuit d'été, me troublait.

Je me souviens de cet instant avec une précision surprenante. Il s'est appuyé contre le mur d'enceinte et m'a regardée. Il a murmuré, d'un air mélancolique :

« Ton mari est un homme formidable, Sylvie, tu avais raison. Je suis content d'avoir passé cette soirée avec vous. Ta maison est très belle... tous ces meubles anciens, et qui ont sans doute un passé, une histoire... Cette ambiance que l'on ne ressent qu'en France. Tout est si différent dans ton pays, même le ciel, le parfum de l'herbe, le souffle du vent! »

Je l'écoutais, amusée par ses paroles dites avec cet accent que j'ai appris à chérir depuis... Je n'osais pas m'approcher de lui, mais j'étais incapable de le quitter, de prendre congé brièvement comme je me l'étais promis. Brusquement, il se décida à partir et fit le geste d'embrasser la main que je lui tendais :

« Sylvie! Te reverrai-je? demanda-t-il.
– Je ne crois pas... En fait, cela dépend de toi. Adrien t'a dit de revenir. Je serai toujours contente de te recevoir, Jack. »

Ma voix sonnait faux. Il m'attira contre lui très doucement, chercha mes lèvres. J'eus la force de me dérober, de le fuir. Une vague de colère mêlée de chagrin me prit :

« Nous sommes mariés tous les deux, mon cher Jack! Tu ne respectes donc rien? J'adore Adrien et tu m'as dit adorer ta famille. Alors, à quoi bon vouloir me séduire? »

Il baissa la tête pour répondre :

« Cela n'a rien à voir, Sylvie. On peut parfois vivre dans deux dimensions, pour garder la force d'espérer. D'une part il y a la vie de nos pensées les plus intimes, notre jardin secret, et puis de l'autre celle que le destin nous impose plus ou moins. Je me suis marié et je suis heureux d'avoir rencontré Sandra, mon épouse, mais je n'ai pas pu t'oublier. Toi qui dansais dans le parc toute seule en cachette... si fine, si rêveuse. Et ton regard sur moi, l'appel que j'ai lu dans ce regard... comme ce soir! Oui, Sylvie, tu me regardes comme il y a dix ans, en Louisiane, près du bayou. »

Ma personnalité est très différente de celle de Jack, mais j'ai souvent pensé qu'il me connaissait mieux que moi-même.

« Non! Tu mens! m'écriai-je, furieuse de m'être laissée deviner. C'est impossible! Je n'éprouve rien pour toi, et je ne vois pas ce que tu veux dire avec cet appel dans mes yeux. Je te regarde comme un ami, gentiment bien sûr, mais rien de plus. »

Il s'éloigna de son pas nonchalant en me lançant ces mots :

« O.K., petite princesse! J'ai dû me tromper, pardonne-moi... Je serai sage si je reviens. »

Une fois seule, je me mis à trembler. Je ne savais plus comment ordonner mes pensées. Jack prenait tout à coup toute la place dans mon esprit. Je suis rentrée sans hâte. Je me suis assise sur le banc placé, selon mes souhaits, sous un grand tilleul, et là, j'ai pleuré. Quand je suis montée, bien plus tard, dans notre chambre, Adrien dormait. Cela m'a rassurée. Comment lui aurais-je expliqué mes paupières rougies et mon visage défait!

*

Margaret Williams vit son hôtesse fermer les yeux, comme si elle revivait ces instants enfuis. Elle les revivait assurément d'ailleurs, puisque des larmes coulaient sur ses joues pâles...

Émue, Margaret n'osa pas l'interroger. Elle resta muette, les mains posées sur la table, de chaque côté de son assiette vide à présent. Cependant, Sylvie ne tarda pas à reprendre son récit.

Sa voix, d'abord affaiblie par ce temps d'arrêt, retrouva de la vigueur. Cela lui faisait peut-être du bien d'évoquer tous ces souvenirs. Renaissaient alors les émotions, les joies, les chagrins et ce temps béni de la jeunesse, quand le cœur bat si vite, quand on croit que la vie entière ne sera qu'une suite d'exaltations et de bonheurs.

Margaret le devinait. Ces heures étaient importantes pour Sylvie. Elle se confiait, elle expliquait les secrets de son existence passée. Peut-être ne l'avait-elle jamais fait avec autant de sincérité, de détachement? Peut-être ne l'avait-elle jamais fait, tout simplement...

Il fallait l'écouter en silence. Sans doute, il aurait été temps de remettre du bois dans le poêle, mais comment briser le fil fragile de tous ces mots libérés qui reconstituaient la trame de ce qui semblait être une étrange aventure?

3
De paysage en paysage

Jack s'empressa de revenir chez nous. Adrien le reçut chaleureusement, ce qui me gêna un peu, car je n'avais pas la conscience tranquille. Après avoir beaucoup réfléchi, j'avais compris que je devais éviter Jack afin de respecter mon mari et de préserver notre union. Je pressentais un danger, sans être capable de l'identifier vraiment.

Cela venait peut-être uniquement de moi, de mes incertitudes. Adrien ne m'aidait pas. Il se montrait tellement enthousiaste vis-à-vis de mon ami américain que Jack, durant plus de trois jours, passa la majeure partie de son temps à la maison, partageant le déjeuner, le dîner et même le thé avec nous.

Bien sûr, Adrien ne disposait pas de tout son temps, loin de là... Ce qui fit que j'étais souvent seule avec Jack. Je l'avoue, il se montra discret, simplement cordial, mais il y avait son regard câlin, ses sourires.

Bien résolue à me tenir à distance, je me permis d'être gaie, voire charmeuse, par défi ou par jeu. Pour me justifier intérieurement, je me disais que je défendais l'honneur des femmes françaises, en tentant d'éblouir un étranger. Quel prétexte douteux!

Le Festival de danse et de musique populaire battait son plein. La foule habituelle avait envahi Confolens et j'eus la joie d'assister à divers spectacles en compagnie de Jack. Pas une fois il n'essaya de me prendre la main ou de me dire des mots équivoques. J'étais, en vérité, un peu déçue. J'aurais aimé devoir le repousser, lui faire la morale. Il ne m'en donna pas l'occasion.

Son attitude fut décisive. Allez comprendre le

cœur des femmes! Je l'aurais méprisé de chercher à me séduire, et je lui en voulais d'être si sage.

Pourtant, quelque chose se passa, enfin et un peu malgré nous. Ce fut un soir, pendant un dîner à la maison. Adrien, dans l'espoir de disputer une autre partie d'échecs avec Jack, l'avait encore retenu à notre table. Notre invité, aimable, détendu, parla alors de son prochain départ. Je fus tout de suite blessée, soucieuse, triste.

« Ma femme s'ennuie de moi. Ma fille aussi. Je compte rentrer plus tôt que prévu. C'est dommage, je n'ai pas eu le temps de visiter la Charente. Et je ne sais pas quand je reviendrai... »

Adrien, tout en sirotant son verre de cognac, se lança dans un discours qui me surprit :

« Dommage est un mot insuffisant. Si tu ne peux pas revenir ici avant des mois ou des années, tu dois absolument découvrir la Charente. Et surtout le Limousin qui est si beau. »

Songeur, la mine attristée, Jack ne répondit pas tout de suite. Adrien me prit à témoin :

« Ma chérie, tu manques à tes devoirs d'amitié. Tu m'as dit que Jack t'avait fait visiter les beautés et les curiosités de la Louisiane, tu devrais lui rendre la pareille. Tu es passionnée par l'histoire du Limousin, tu saurais guider au mieux notre ami. D'ailleurs, ton cousin Emmanuel ne t'a-t-il pas invitée plusieurs fois à visiter le petit coin de paradis où il a déniché sa maison? C'est l'occasion rêvée. Nous avons les clefs de chez lui... »

J'étais suffoquée. Adrien me fit un sourire afin d'atténuer sa petite réprimande. Jack allait protester; je me hâtai de dire:

«Jack ne m'a rien demandé! Cela m'aurait fait vraiment plaisir. Tant pis, ce sera pour une autre fois. Ou pour quelqu'un d'autre...»

Je lançai alors à Jack un regard provocateur. Qu'il reparte vite! Qu'il retrouve sa famille, son pays lointain et que je ne le revoie jamais! Je le pensais sincèrement ce soir-là, car j'avais peur. Oui, j'avais peur de lui. Sa réplique me figea. Mon cœur battit la chamade. Il s'apaisa, puis se mit à frémir de bonheur malgré moi aux paroles de mon énigmatique invité.

«Vous me donnez des regrets. À bien réfléchir, je peux sans doute rester une semaine, comme prévu. Je l'expliquerai à Sandra. Si Sylvie veut bien me servir de guide, elle saura aussi me conseiller dans le choix d'un cadeau bien français qui calmera les fureurs jalouses de ma femme!»

Adrien se mit à rire, complice. Jack riait aussi. Moi, j'avais envie de crier à ces deux hommes qu'ils ne me comprenaient ni l'un ni l'autre. Mon mari semblait ravi de me voir partir quelques jours en compagnie d'un homme qu'il connaissait à peine, et Jack parlait de son épouse avec des airs rêveurs.

Un flot de méchanceté me poussa à lancer, sur un ton désinvolte:

«Ta femme est jalouse, Jack? C'est bizarre, tu n'as pourtant rien d'un Don Juan! Elle ne risque guère d'être trompée en te laissant errer par le monde.»

Le regard de Jack me fit taire. Ses yeux me parlaient, pleins d'une menace suave. Je croyais l'entendre énoncer : « Tu dis le contraire de ce que tu penses, petite Sylvie ! Tu parles haut pour cacher les battements de ton sang... »

Adrien, lui, prit très mal ma boutade. Il haussa les épaules, se resservit un cognac, en versa aussi à Jack. Enfin, il soupira :

« Que les femmes sont mesquines et cruelles, mon pauvre Jack ! »

Jack eut un sourire mystérieux. Il était plus de minuit lorsque je le raccompagnai jusqu'à la grille du jardin. Tout était arrangé. Nous partions le lendemain matin pour un périple dans le Limousin.

Grand seigneur, Jack avait décidé de payer les frais de cette expédition, en précisant qu'il voulait manger dans les meilleurs restaurants et dormir dans des lieux de qualité. Cela avait amusé Adrien. Cette façon de prendre les choses en main était typiquement américaine, d'après lui. Jack lui était apparu comme le prototype même de l'homme d'affaires riche, à l'accent charmant, capable de dépenser les dollars par poignées. Plus réaliste ou plus orgueilleuse, j'avais déclaré fermement que je tenais à payer ma part, au moins en ce qui concernait l'essence de ma voiture et mes nuits d'hôtel.

Nous en discutions encore, près de la grille, sous le ciel étoilé que je fixais, dans le souci d'éviter le regard de Jack. Sa voix me ramena sur terre :

« À demain, Sylvie. Je suis très content à l'idée de pouvoir dénicher les richesses historiques et naturelles de ton pays. Mon seul regret, c'est que ton mari ne puisse pas venir avec nous. C'est un homme pour qui j'éprouve une grande sympathie. »

Sincérité ou ironie de sa part? Je n'eus pas le courage de répondre. Pourtant, tout était normal, simple. C'était moi qui voyais des complications, des mystères partout. Que ce fût un mot, un geste, un regard. Jack me salua, sans même me serrer la main, et partit dans la nuit. J'étais partagée entre la joie et la colère.

En rentrant à la maison, je retrouvai Adrien à demi allongé sur le canapé. Je m'agenouillai près de lui :

« Alors, mon amour, tu n'es pas trop inquiet de me confier à un Américain que tu connais depuis quatre jours seulement? »

Adrien secoua la tête en me dévisageant :

« Ne fais pas l'enfant, Sylvie! J'ai confiance en toi, et en Jack... Ou bien considère que je prends des risques, parce que je suis joueur! »

Ces mots me désemparèrent. Que voulait dire Adrien? À cette époque, j'étais encore naïve. Je n'avais pas idée des pièges de la vie. Prise de panique, je me suis jetée sur la poitrine de mon mari, j'ai cherché ses lèvres. Il m'a embrassée distraitement avant de murmurer :

« Je suis fatigué, chérie. Je monte me coucher. Ne fais pas cette mine désolée. J'ai tellement de travail en ce moment, je serai soulagé de te savoir un peu en vacances... En septembre, nous partirons en Provence. Je serai plus disponible. »

Les dés étaient lancés. Je partais avec Jack, cet homme qui avait su me bouleverser quand je n'étais qu'une adolescente inexpérimentée. Jusqu'à l'arrivée de Jack, je fus en effervescence. Préparer mes bagages, choisir les vêtements adéquats, prendre une douche, aller chercher une carte et un guide touristique.

J'avais rendez-vous avec lui devant la mairie de Confolens. Adrien partit vers neuf heures trente pour ses visites. Mon mari me prit dans ses bras en me regardant attentivement.

«Je t'aime, Sylvie, me chuchota-t-il à l'oreille, plus tendre que de coutume. Sois prudente sur la route.»

Je lui souris en caressant sa joue:

«Je t'appellerai tous les soirs, Adrien. Toi aussi, sois prudent.»

Je rejoignis Jack. Il était habillé de façon sportive et se précipita vers ma voiture avant même que j'aie eu le temps de me garer. Il s'écria, radieux:

«En route, chauffeur!»

Sa bonne humeur me détendit. Soudain, je compris que j'avais devant moi plusieurs jours de liberté, de promenade... Cela me changerait de la routine. Cette sensation d'ennui qui ne me quittait guère s'estompait déjà. Jack m'observait. Lisait-il sur mon visage le cheminement de mes pensées? Il attendit un peu avant de me parler.

«Où m'emmènes-tu en premier, Sylvie?
– Nous allons visiter mon village natal, Saint-Germain-de-Confolens.»

Les ruines du château nostalgique me fascinaient quand j'étais petite. Je les voyais de ma chambre, j'imaginais des histoires fabuleuses qui se passaient là-haut. Des ballets de fées, des querelles de sorciers, des chevaliers et des belles à sauver...

Les mots sortaient facilement. Je me confiais à Jack, sans souci de plaire ou de déplaire. Il écoutait, l'air très intéressé.

À Saint-Germain, en ce milieu de matinée, la chaleur nous parut déjà accablante. Jack, pour visiter à pied les rues du bourg, prit son appareil photo et, bien sûr, mit des lunettes de soleil. Il avait l'allure parfaite d'un touriste. Moi aussi, peut-être, à la différence que je connaissais si bien les lieux et les gens que, plusieurs fois, je dus m'arrêter pour bavarder.

« Ah! La France! soupira-t-il. Il n'y a que ce pays pour posséder d'aussi beaux monuments. Votre passé se devine, là, à fleur de pierre. »

Un peu plus tard, nous avancions avec respect entre les murailles délabrées de mon château, comme je le nommais enfant. Jack voulut absolument prendre un cliché de moi, assise parmi les ruines. Je ne pus m'empêcher de lui dire :

« Tu montreras cette photo à ta femme?

– Bien sûr! Pourquoi pas? Je lui ai déjà parlé de toi. C'est une personne compréhensive, douce. »

Je l'écoutais, amusée. Brusquement, un détail me choqua. Je n'eus pas à me demander longtemps ce qui me déconcertait ainsi. Jack, en l'espace de quelques jours, avait souvent évoqué sa femme Sandra, mais en la décrivant chaque fois différemment. Elle était tour à tour adorable, compréhensive, capable d'idées libérales, puis jalouse ou coléreuse.

Étonnée, j'en fis la remarque. Jack me regarda avec un drôle de sourire. Il s'en tira par une pirouette verbale :

« Un dicton de chez toi prétend que souvent femme varie! Sandra n'échappe pas à la règle. Elle me laisse libre tout en étant jalouse. C'est sa force. Elle m'a séduit grâce à ce caractère particulier. Je n'aime pas la monotonie. »

Je repris le volant, agacée et songeuse, mal à l'aise. Quelque chose me tracassait. Qui était Jack en réalité? Pouvais-je lui faire confiance? Je le connaissais si peu. J'eus envie de faire demi-tour, de retrouver la sécurité de ma maison. Mon compagnon d'aventure comprit que j'avais déjà perdu mon bel enthousiasme.

Nous traversions une campagne pleine d'attraits. Le Limousin est une contrée préservée. La nature y connaît peu de contraintes. Les bois sont demeurés abondants, les prairies, vertes, et les ruisseaux offrent la course folle d'une eau transparente. Jack admirait le paysage, mais restait souvent silencieux.

Pour lutter contre cette angoisse imprécise qui me tourmentait, je me mis à parler, parler, parler...

« Cette région est particulière. C'est le domaine de l'eau, des étangs, des vieux moulins et des fontaines. Certaines sont dites miraculeuses. On les appelle aussi fontaines de dévotion. Les gens venaient de loin pour guérir un enfant, une épouse, un père... Encore aujourd'hui, certains hommes se disent sorciers et capables de désenvoûter le bétail ou une maison! »

Cette fois, Jack sembla passionné. Il s'approcha de moi, souriant de façon équivoque :

« Ces sorciers peuvent-ils rompre les sortilèges de l'amour ? Moi, par exemple, j'aimerais bien que l'on me délivre d'une obsession. Depuis des années, je pense trop souvent à une petite Française, mince, farouche, qui a failli se donner à moi dans un parc de La Nouvelle-Orléans. J'ai lutté contre mon désir. Je n'aurais pas dû. Maintenant, nous serions peut-être heureux. Je suis ensorcelé ! »

Les paroles de Jack me choquèrent tellement que je donnai un coup de frein et me garai sur le bas-côté de la route. Je n'en pouvais plus. J'avais l'impression que Jack jouait au chat et à la souris avec moi. Sans rien dire, je descendis de la voiture pour marcher un peu. Nous étions dans un bois. Les oiseaux chantaient, l'air avait un parfum délicieux, celui de l'été. Les rayons du soleil me parurent presque verts, semés de rais dorés.

Je fuyais cet homme qui ne cessait de me bouleverser. Je ne voulais pas me souvenir de nos baisers de jadis, puisque nous étions mariés chacun de notre côté. Pourquoi agissait-il donc ainsi ?

Jack ne tarda pas à me rejoindre. Bientôt, il marchait à mes côtés, mais je fis demi-tour.

« Qu'est-ce qui ne va pas, Sylvie ?

— Tout ! m'écriai-je brusquement. Je rentre immédiatement chez moi si tu continues à me parler du passé. J'étais contente de ce petit voyage, je pensais que nous allions nous détendre, mais j'avais tort. Cela n'ira pas. Nous devons rester des amis, tu comprends, de simples amis et ce ne sera pas le cas si tu fais sans cesse des allusions à autrefois. »

Il éclata de rire. Surprise, je le dévisageai :

« Tu trouves ça drôle?
– Oui! Tu prends chacune de mes paroles au sérieux. D'abord, rien ne prouve que je parlais de toi. Je croyais que tu avais plus d'humour, cette qualité tellement française que nous vous envions! Et puis, je suis un ami, un simple ami! Sylvie, tu es vraiment bizarre! »

Son accent donna à ce dernier mot un son si nouveau que je me mis à sourire. Jack était trop malin, il me désarmait en renversant les rôles. C'était moi qui étais bizarre à présent... Il avait peut-être raison. Je m'installai au volant après avoir bu un gobelet d'eau minérale. Je souris. L'incident était clos. Je pensais que les choses étaient rentrées dans l'ordre à la suite de ma mise au point.

Je voulais maintenant lui faire découvrir Lessac. J'y avais jadis passé de nombreuses vacances chez mes grands-parents. Aujourd'hui, ils avaient loué leur ferme à de jeunes agriculteurs et ils s'étaient retirés dans une maison plus pratique, à Lesterps. Je pus montrer à Jack le décor bien-aimé de mon enfance.

Je le conduisis ensuite jusqu'au château de Boisbuchet, un joli édifice, avant de lui faire découvrir le château de Montaumart, une vieille demeure seigneuriale.

« J'achète! plaisanta Jack. Et je te l'offre!
– Je serais ravie, mais il doit être très cher.
– Rien n'est trop cher pour toi, princesse! » répliqua Jack avec un regard si tendre que j'eus envie de lui sauter au cou.

Il prit ma main pour regagner la voiture. Je restai

silencieuse afin de ne pas briser la douceur de l'instant. Je me souviens avec tant de précision de mes pensées d'alors. Je me disais: *si j'étais libre, si seulement je n'avais pas lié ma vie à Adrien, à cette minute je demanderais à Jack s'il m'aime. Quelle que soit la réponse, je me jetterais dans ses bras, ma bouche sur la sienne...*

Oui, je pensais cela, prise d'une sorte de folie amoureuse contre laquelle j'étais incapable de lutter. Tout le problème était bien là. J'étais soumise à une tension continuelle, complètement écartelée par mes sentiments et mes émotions. Tantôt raisonnable, j'étais sûre de rentrer près d'Adrien; tantôt impuissante, je me sentais comme attirée, avalée par un geste ou une expression de Jack qui déclenchait en moi une onde de chaleur irrépressible.

Nous avons acheté des sandwiches et des fruits dans une épicerie. Jack s'amusa comme un enfant en détaillant le contenu des rayons. Il trouva même un jouet à son goût pour sa fille Shirley.

Nous pique-niquâmes en forêt. Nous avions préféré cette formule champêtre, car, le soir, nous devions trouver le gîte et le couvert dans une auberge renommée près de Rochechouart.

Jack était très gai. Ce qu'il avait vu depuis notre départ l'enchantait et il ne cessait de m'interroger. Il voulait tout savoir sur l'histoire locale, sur les coutumes, les superstitions.

Détendue, j'eus plaisir à lui répondre. Les petites routes que j'avais décidé de suivre nous guidaient. Que mon pays était beau! Je le parcourais avec des yeux neufs. Je ne regrettais plus d'être partie, d'avoir des heures et des heures de liberté devant moi.

Un coude appuyé contre la portière dont la vitre était complètement baissée, Jack fixait l'horizon. Il avait un sourire mélancolique, une attitude apaisée. Parfois, nous échangions un bref regard, complice et tendre.

Je me mis à rêver de ce dîner en tête-à-tête qui nous attendait...

Enfin l'auberge nous accueillit, nichée au cœur d'un vallon enchanteur. En m'installant dans ma chambre, j'ai dansé de joie. Ma gaîté renaissait. Je me sentais innocente et sereine. Je pris une douche. C'est enroulée dans une serviette que je téléphonai à mon mari. Adrien n'était pas là. Je laissai un message sur le répondeur, un peu déçue.

La fenêtre donnait sur la campagne. Les parfums du soir, suaves et champêtres, m'enivraient. Bientôt, je m'aperçus dans le miroir, vêtue d'une robe légère, un nuage de tissu fleuri dans les teintes pastel. Un collier, des boucles d'oreilles, un soupçon de maquillage et je pus rejoindre mon compagnon de voyage sur la terrasse.

Le dîner fut délicieux, copieux. Jack mangeait avec de petites mimiques réjouies, car, de toute évidence, la cuisine française, surtout celle de nos terres limousines, offre bien des attraits pour les Américains. La serveuse, une dame respectable à l'accent du terroir, se gonflait d'aise en écoutant les compliments de ce client à l'accent étranger.

J'eus d'ailleurs droit, moi aussi, à diverses louanges, sur ma robe, mon charme, ma coiffure. Nous avions commandé du champagne - une idée de Jack - et toutes mes appréhensions s'étaient envolées avec les bulles!

J'étais même très joyeuse, bavarde... La musique discrète, le chant des grillons montant des prés, la clarté dorée des bougies composaient une harmonie dont j'étais friande et qui me captivait. C'était une soirée spéciale, faite de beauté et de liberté. Au dessert – composé d'une tarte aux pommes succulente –, Jack dit soudain :

« Te souviens-tu, ma princesse, de nos bayous de Louisiane? De l'air chaud, moite? Des fleurs de magnolia? Le temps a passé, mais nous sommes de nouveau ensemble. Dans un décor tout aussi agréable, je l'avoue. Sylvie?

— Oui?

— Je suis heureux d'être avec toi ce soir! Je te remercie d'avoir accepté cette expédition! Et je t'en prie, ne crains rien, je n'ai aucune mauvaise intention. »

Je ne pus que sourire, soudain attristée. Pourquoi Jack disait-il de telles choses? Que savait-il de mes émotions, de mes désirs? Ma raison et mes sentiments se disputaient à nouveau.

Par bravade, je répliquai, en riant :

« Je ne crains rien du tout! Mais ne sois pas si grave! En France, un homme peut se montrer galant et séducteur sans être accusé de mauvaises intentions, comme tu dis... C'est le jeu! »

Jack fronça les sourcils en me regardant intensément :

« Le jeu? Ah oui... je comprends. Mais je n'aime pas jouer. Je suis spontané. Je ne triche pas, jamais. Désolé, my darling, te voici songeuse! Tu as les yeux brillants.

— C'est le champagne! Tu crois que nous pouvons danser? »

J'avais envie de le provoquer, de retrouver le contact de ses mains, de son corps. Il eut une étrange expression. D'un geste amusé, il désigna la pelouse :

«Je pense que cela ferait une piste de danse convenable! Écoute, j'adore cet air. Viens...»

Il me tendit la main. Comme je me sentais aérienne, guidée par lui! Nous tournions doucement, sur le rythme éternel d'une valse viennoise. La serveuse nous vit et se retira avec discrétion, l'air attendri.

«Que tu es jolie, Sylvie!» chuchota Jack.

Ses lèvres effleurèrent ma joue. Je voulais répondre un merci banal, mais je restai muette, à l'écoute des battements fous de mon cœur. Je reconnaissais ce trouble brûlant que j'avais ressenti douze ans auparavant, dans un parc de La Nouvelle-Orléans. Ma peau était assoiffée de baisers, ma chair vibrait de désir pour cet homme. Rien n'avait changé. C'était ainsi! Jack sembla deviner mon émoi. J'eus un mouvement de recul, mais il me serra contre lui.

Je fus obligée de mentir pour échapper à ses bras si câlins:

«J'ai la tête qui tourne. Je crois qu'un peu d'eau fraîche me ferait du bien.

– Dommage!» murmura-t-il.

Puis, un peu plus bas:

«Sylvie, mon petit ange, je t'adore! C'était si bon...»

J'eus le courage de rire, comme s'il plaisantait; pourtant ces mots coulèrent sur moi telle une caresse sensuelle. La voix de Jack avait tant de chaleur, de mystère. Une voix inoubliable.

Revenue à notre table, je repris mon calme. Cette

danse était une erreur. Il me fallait éviter ce genre de rapprochement, car c'était une vraie souffrance. Je me surpris à maudire le reste du monde qui m'obligeait à fuir le cercle magique créé par le charme fascinant de Jack.

Il revint à sa place, en face de moi, et me dévisagea. Sans rien dire. À quoi bon? La serveuse nous proposa un digestif, mais je refusai. Je n'avais plus qu'une hâte, m'enfermer dans ma chambre, être seule.

Jack me suivit des yeux. Je lui adressai un petit signe de la main et, enfin, je pus m'allonger dans la pénombre, perdue dans une tempête d'idées folles. Le regard de Jack, ses gestes, sa voix, sa main sur ma taille, tout cela me hantait. Je me promis que le lendemain, du moins le soir, je serais plus sage. Afin de ne pas parler de nous, je me ferais historienne, conteuse et, surtout, nous ne danserions pas. Sinon, je perdrais la tête...

Je gisais sur mon lit en rêvant d'un baiser, un unique baiser échangé à l'ombre du chèvrefeuille de la terrasse. Je sus, bien plus tard, que Jack avait eu les mêmes pensées et le même rêve...

Avant de m'endormir, je réussis à joindre mon mari. Il était gai, détendu. Il me posa des questions banales auxquelles je répondis distraitement. J'avais l'impression d'être loin de lui, très loin, au bout du monde. Pourtant, quand il ajouta tout bas, avant de raccrocher: «Tu me manques, Sylvie», j'eus un vague remords et je lui répondis: «Moi aussi!»

C'était en partie vrai. Ils me manquaient, lui et ma maison, mes habitudes, cette sécurité que donne une vie de couple sans histoire... sans passion. La passion, j'en rêvais en secret depuis si longtemps. Elle avait par instants le visage de Jack...

*

Sylvie se tut, un peu essoufflée d'avoir parlé si longtemps, sur un rythme de plus assez haletant. Margaret Williams n'osait toujours pas bouger ni poser de questions. Les deux femmes regardaient autour d'elles, comme surprises d'être là, dans cette cuisine chaude et silencieuse.

«Je crois qu'il est très tard, madame! Je ne veux pas vous retarder avec mes souvenirs.

— Oh! c'était tellement passionnant. J'adore vous écouter. Mais vous devez être fatiguée.»

Sylvie se leva. Elle semblait faible et triste. D'une voix douce, elle répondit:

«Jack ne viendra pas ce soir. Quel dommage, j'aurais aimé vous le présenter. Mais il est libre, n'est-ce pas? Et vous avez raison, je suis lasse. Je vais vous raccompagner jusqu'à la grille. Le parc est si sombre, la nuit. Il faut la pleine lune et sa clarté bleue pour le changer en un lieu magique, où la marche du temps peut s'arrêter...»

Margaret Williams protesta. En femme organisée, elle avait toujours dans son sac à main une minuscule lampe de poche. Cela fit sourire Sylvie. Son visage émacié, si pâle, parut soudain plus jeune. Il était facile, à cet instant, de l'imaginer en jeune femme séduisante et romantique.

«Reposez-vous bien, lui dit l'Américaine très gentiment. Puis-je revenir vous voir demain? Pour le thé? Cette fois, j'apporterai des pâtisseries. Et nous les dégusterons près du poêle, bien au chaud.»

Sylvie eut l'air d'une petite fille tellement la joie la ranimait:

« Quelle bonne idée, chère madame. Oh! votre prénom... Je ne m'en souviens plus...

– Margaret! Alors, à demain, Sylvie! Et vous me raconterez la suite, n'est-ce pas?

– Oui, bien sûr! Cela me fait tellement plaisir de revivre ces moments. Ils sont inscrits en moi. Ils sont ma vie... Et peut-être ma seule raison de me réveiller chaque matin, alors que je préférerais parfois dormir des siècles!

– Oh! Sylvie! Et Jack, alors? Que ferait-il si vous jouiez la Belle au bois dormant? »

Margaret, spontanément, embrassa son hôtesse sur les deux joues. Sylvie se mit à rire tout bas et insista pour la conduire au moins jusqu'au perron.

« Vous n'aurez pas peur, chère madame, oh! pardon, Margaret, de traverser ce grand jardin?

– Non! répliqua Margaret. Non, rentrez vite, et prenez des forces pour demain. Les Américains n'ont peur de rien, vous devriez le savoir! »

Sylvie regarda son invitée s'éloigner. Quand elle fut certaine que Margaret ne l'entendrait pas, elle répondit d'une voix triste et amère :

« Si, il y a quand même une chose qui peut leur faire peur! Ils ont peur, parfois, de la vérité. Ils s'inventent un monde et l'arrangent à leur manière. C'était vrai pour Jack. Ça l'est encore, j'en suis sûre! Vous le comprendrez bientôt, très chère dame... »

Sur ces mots murmurés au vent de la nuit, Sylvie referma la porte. Un peu obscure, la maison lui parut plus déserte que d'habitude. Sa chambre était au premier étage. Elle alla éteindre la lumière de la cuisine, se munit d'une bougie calée dans un vieux modèle de bougeoir et entreprit de gravir les marches.

L'ombre reculait devant elle, puis se refermait en l'enveloppant. Il faisait froid. Soudain Sylvie crut percevoir un bruit de pas au rez-de-chaussée, dans la salle à manger. Elle appela, transportée d'espoir:

«Jack? C'est toi? Tu es rentré? Jack!»

Elle redescendit en courant presque. À petits pas, elle explora le rez-de-chaussée. Personne. Il n'y avait personne. Déçue encore une fois, Sylvie se décida à gagner sa chambre. Elle n'eut pas le courage de mettre la ravissante chemise de nuit en soie rose qui reposait au pied du lit.

Inquiète, découragée, elle se coucha tout habillée, blottie dans son châle de laine. Un chat, surgi d'on ne sait où, se précipita sur la couette et ronronna aussitôt. C'était un gros matou à la longue fourrure blanche. Sylvie, rassurée par cette présence affectueuse, s'endormit vite.

Le lendemain, à l'heure du thé, elle guettait avec impatience l'arrivée de Margaret. Celle-ci fut exacte, et, en remontant l'allée, elle tenait à bout de bras un carton à gâteaux.

«Hello! fit-elle gaiement. Nous allons faire une petite fête, n'est-ce pas? J'ai acheté plein de pâtisseries, cela vous redonnera des couleurs.»

Sylvie se mit à sourire, ses cheveux si légers repoussés en arrière par le vent. Elle conduisit aussitôt sa visiteuse dans la cuisine. Margaret se sentait en terrain ami. Elle se chauffa les mains au-dessus du poêle en riant de satisfaction.

« Vous savez, Jack n'est pas rentré! lui déclara son hôtesse d'un air soucieux. Cela fait deux nuits qu'il m'abandonne.

– Comme c'est étrange! s'écria Margaret. Il faut prévenir la police. »

Sylvie haussa les épaules. Elle servit le thé et s'installa à table.

« Non, chère madame, pardon, Margaret... Jack voyage beaucoup, et il a horreur du téléphone. Je ne veux pas le surveiller. Il sait sûrement que vous venez me voir. Peut-être est-ce pour cela qu'il me délaisse... »

En entendant ces paroles, Margaret éprouva une telle gêne que toute sa joie s'envola. Si elle dérangeait la vie quotidienne de ce couple, autant se faire discrète et ne jamais remettre les pieds au domaine.

« Désolée, Sylvie! Je ne savais pas que ma présence déplaisait à Jack. Il fallait me le dire. »

Sylvie hocha la tête. Elle fixa longuement la petite fenêtre donnant sur l'arrière du parc.

« Ne vous tracassez pas, Margaret. Jack est un homme imprévisible. Je pense qu'il profite de cette occasion pour agir à sa guise, puisque je ne suis pas seule. Il reviendra, je vous le promets. Où en étions-nous? Ah oui! Cette fameuse expédition en tête-à-tête... »

Margaret approuva en dévorant une tartelette aux pommes. Tant pis pour ce Jack bien capricieux qui traitait une femme aussi exquise que Sylvie avec tant de désinvolture...

4
Les pièges de la passion

Je fis visiter à Jack d'autres villages. Deux nuits passèrent. J'avais choisi, selon l'itinéraire établi, des hôtels offrant un cadre agréable, mais aucun n'avait le charme de l'auberge du premier soir. Jack se couchait tôt, affirmant qu'il était épuisé par l'air vif de nos campagnes. Je faisais de même, à la fois déçue et rassurée. J'avais ainsi malgré moi la conscience tranquille vis-à-vis d'Adrien. Mais je restais en même temps sur une impression d'inachevé, d'inaccompli, et je savais au fond de moi ce qui manquait.

Il nous restait deux jours de vacances. Je voulais absolument voir la petite maison d'Emmanuel, près de Pompadour.

Cette vieille cité a été une découverte pour nous deux, puisque je n'y étais jamais allée. C'est un site à la fois prestigieux et splendide. Des chevaux trottinaient le long de magnifiques allées plantées de marronniers, les voitures roulaient au pas. La ville où déambulaient badauds et touristes était très animée.

Mais à vrai dire, au premier abord, ce fut l'environnement naturel qui nous séduisit le plus : les bois de châtaigniers, les eaux vives, les étangs et les pommeraies.

C'est en cherchant la route de Ségur-le-Château que nous avons aperçu cette maison où je vis toujours aujourd'hui. Nous nous étions arrêtés dans la forêt domaniale de Pompadour pour nous dégourdir les jambes. Cette belle demeure était alors complètement à l'abandon, perdue au milieu d'un parc changé en une jungle épaisse d'arbustes, de ronces et d'orties. Ce jour-là, nous ne savions ni l'un ni l'autre que ces vieux murs romantiques nous attendaient.

Pour ma part, je n'osais pas pénétrer dans ce domaine qui m'attirait tant, car je ne voulais pas subir les reproches des habitants du bourg. Jack, lui, s'entêtait. Nous devions aller inspecter les lieux de plus près. Il céda enfin à mon refus obstiné, mais se montra très déçu. Peut-être avait-il senti un appel, avait-il vu un signe derrière les volets clos?

Le temps restait magnifique. À midi, nous avons déjeuné sur l'herbe, au bord d'un étang. Comme il faisait très chaud, j'ai ôté mes sandales et j'ai plongé avec délices mes pieds dans l'eau fraîche.

J'agissais ainsi, petite fille, lorsque je passais les vacances chez mes grands-parents à Lessac.

Jack en profita, une première fois, pour s'approcher et me caresser les jambes. Je m'en souviens avec précision. Il était allongé sur l'herbe, une brindille à la bouche. Il rampa en riant vers moi, alors que j'étais assise sur le bord du talus descendant jusqu'à l'étang. D'abord il cueillit une branchette de saule, la passa sur mes genoux et la fit glisser aux chevilles. Je le repoussai d'un geste:

« Tu me chatouilles, Jack! Laisse-moi! »

Son visage était tout proche de mes cuisses. Il tendit une main, la posa sur ma jambe droite, et ses doigts dansèrent sur ma peau tiède de soleil. Cette fois, j'eus la gorge sèche. Impossible de protester. En vérité, je n'avais qu'une envie... sentir cette main, ces doigts remonter sous ma robe, trouver le chemin de mon ventre, s'aventurer ensuite un peu plus bas. Le désir me pétrifiait. Jack joua les distraits alors que je fondais...

Il se mit à siffler et lentement retira sa main en murmurant, confus :

« Pardonne-moi, Sylvie ! Je suis comme un enfant, je veux toucher ce qui me tente. Tu es si belle aujourd'hui, dans cette lumière d'été ! Je ne le ferai plus, rassure-toi ! »

Nous avons consacré l'après-midi à visiter Pompadour. Tout nous émerveillait, l'hippodrome, le haras royal – devenu haras impérial puis national –, fondé par la favorite de Louis XV, la célèbre marquise de Pompadour, et la jumenterie de la rivière dont nous avons admiré les abords. Nous avons même visité la chartreuse du Glandier, un ancien lieu de prière magnifique.

Mais ce fut le château, un splendide édifice évoquant à la fois le Moyen-Âge et le Grand Siècle qui fascina le plus Jack. Il prit de nombreuses photos de l'édifice qui, à son grand regret, ne se visitait pas. Il jouait vraiment les touristes. Je l'observais, assise un peu à l'écart, amusée par son enthousiasme.

Une jeune fille passa près de lui. Grande, rousse, un visage parfait. Jack lui sourit d'un air admiratif, elle répondit à cet hommage masculin par un rire joyeux d'adolescente.

Cet incident me bouleversa. Je m'en souviens encore très bien. Les pierres du muret où je m'étais installée étaient tièdes sous mes doigts. Et mon cœur éclatait, saignait, mon esprit sombrait. J'ignorais tout de la jalousie. Les relations entre Adrien et moi, convenues, raisonnables, ne m'avaient pas amenée à éprouver cette rage de tout le corps, cette douleur à l'idée de voir l'être aimé jeter ne serait-ce qu'un regard sur une autre personne. Bien sûr, ce que je dis ce soir paraît exagéré, puisqu'il n'y avait eu qu'un échange de sourires, si peu de chose. Mais moi, je sais que cet instant fut décisif. Je compris que j'aimais Jack comme je n'avais jamais aimé mon mari. Je le désirais, j'avais besoin de sa voix, de ses regards, de sa présence. Je le voulais à moi seule.

Sandra, son épouse restée en Amérique, me semblait irréelle, je le sus aussi ce jour-là. Comment aurais-je réagi si elle était apparue? Elle lui avait donné un enfant, une ravissante petite fille. C'était un chagrin de plus pour moi...

Le soir, avant le dîner, je repensais à ma réaction. Je m'étais allongée sur le lit dans ma chambre, sous le toit accueillant d'une auberge réputée de Pompadour. Je venais de prendre un bain et, enroulée dans une grande serviette blanche, je m'interrogeais sur moi-même. La jalousie, atténuée au fil des heures, m'avait ouvert les yeux. Jack. Je répétais son prénom, je me replongeais dans mes doux souvenirs de Louisiane, jusqu'à évoquer l'étreinte brûlante et inaboutie que nous avions connue, sur l'herbe d'un jardin silencieux. Ma raison faiblissait et mes sentiments prenaient le dessus.

Un baiser, je souhaitais un baiser au moins, afin de revivre cet émoi vibrant, cette transe fiévreuse que j'avais ressentie là-bas, livrée à cet homme. Que faisait-il dans sa chambre? Pensait-il à moi ou à la jeune fille rousse, dont la silhouette souple et vigoureuse me hantait? J'avais envie de pleurer.

Bientôt je me mis à sangloter, désespérée... Paradoxe ou appel au secours, je pris le téléphone pour entendre la voix de mon mari. Il n'était pas à la maison, ni chez ses parents. Des visites tardives sans doute à travers la campagne, comme toujours.

L'heure du repas approchait. Je dus me maquiller avec soin pour effacer les traces de mes larmes.

Je n'avais plus qu'une hâte, rentrer chez moi, ne plus voir Jack, l'oublier. Je ne fis aucun effort de toilette. Un coup de brosse, une petite robe noire, un collier de perles.

L'air était lourd. Quelques grondements de tonnerre résonnaient. Jack m'attendait à une table, près d'une fenêtre ouverte sur le crépuscule. Sur la nappe rouge, il y avait un petit vase garni de fleurs champêtres, une bougie allumée.

«J'ai commandé du champagne! me dit-il aussitôt. J'ai remarqué que cela te redonnait le sourire. Aujourd'hui, tu étais loin de moi, absente!

– Mais non, je suis un peu fatiguée, c'est tout. Peut-être cette atmosphère orageuse. Cela me porte sur les nerfs!»

Jack eut un sourire moqueur:

«Je sais, les femmes ont les nerfs fragiles! Sandra, elle, ne supporte pas le vent du sud.»

Je baissai la tête, excédée. La soirée commençait mal. On nous servit le champagne. Ensuite, un menu excellent, léger, original. Je n'avais pas faim, partagée entre l'envie de fuir et celle de provoquer Jack. D'un ton détaché, je lui demandai:

«Tu as déjà trompé ta femme, Jack?»

Il sursauta, puis éclata de rire:

«Trompé, quel vilain mot! Si je l'avais fait, elle l'aurait su tout de suite, donc, ce ne serait plus tromper... On trompe quelqu'un, comme tu dis, quand on a des pensées coupables. Cela suffit! Peu importe de passer à l'acte. Si toi, par exemple, tu avais envie d'un autre homme que ton mari, et si tu gardais ce désir secret, sans en parler, tu le tromperais. Enfin, nous pensons ainsi, Sandra et moi. »

Il m'avait encore blessée, mise à nu par ces paroles lourdes de sens. Incapable de plaisanter, je dus cacher les larmes qui, de nouveau, embuaient mes yeux. Jack alluma une cigarette, songeur. Il murmura d'une voix douce :

« Sylvie, qu'est-ce que tu as? »

Un bruit effrayant m'empêcha de répliquer. Je ne l'aurais pas pu, de toute façon. L'orage éclatait, violent, un vrai déluge. Les éclairs striaient le ciel assombri. Le serveur se précipita pour fermer la fenêtre. Cela me donna le temps de me ressaisir. Jack tendit la main :

« On fait la paix, jolie princesse? Tu es si pâle ce soir. J'espérais une fête, mais tu sembles si triste! Dis-moi pourquoi? Regarde-moi, je t'en prie! »

Je ne pus résister à sa prière. Il m'apparut tellement différent, soudain. Grave, ému, attentif. Sa bouche sensuelle, au dessin régulier, me fascinait.

« Sylvie, ne gâche pas ces heures qui n'appartiennent qu'à nous. Écoute la pluie! Nous irons nous promener dans la campagne après le repas. La terre gorgée d'eau sentira bon, les fleurs aussi. N'aie pas peur de la vie, de l'avenir, n'aie pas peur de toi-même, de ce que tu ne comprends pas en toi! Rien n'est irrémédiable si ce n'est la mort... »

Ces quelques mots me firent un bien fou et je me sentis renaître. Jack avait raison, j'étais stupide de ne pas profiter de ces moments précieux. Bientôt, dans deux jours, il repartirait. Il s'envolerait pour retrouver sa femme, son enfant. Je ne le verrais plus. Deux jours. Dans deux jours, il disparaîtrait de ma vie! J'eus l'impression de plonger dans un gouffre effrayant. Comment supporter le vide qu'il laisserait en moi? Je décidai alors que j'y penserais le moment venu.

Jack avala une gorgée de champagne. Je bus aussi, apaisée. Le destin allait me l'enlever, mais il me restait plusieurs heures à passer près de lui. Je pus enfin sourire, lui parler:

«Pardonne-moi, c'était l'orage. Je suis sotte, mais cela me terrorise. Je pleure à chaque fois! Mais ce que tu as dit est hélas exact. Seule la mort est redoutable, implacable. Ce sorbet au cassis est exquis, tu ne trouves pas?»

Jack hocha la tête, perplexe, puis déclara avec son habituelle décontraction:

«Tu es vraiment surprenante, Sylvie! Je ne parviens pas à te cerner, à savoir quand tu es vraiment toi ou non? Tu aurais dû faire du théâtre...»

*

Jack avait dit vrai. La campagne rafraîchie par la pluie exhalait des parfums subtils. La nuit était tiède. Nous marchions sur un chemin qui longeait un ruisseau et s'enfonçait vers un petit bois de sapins.

J'aurais préféré aller marcher dans le bourg, mais Jack m'avait entraînée en sens inverse. Il me tenait la main, avançant d'un pas nonchalant:

« Alors, ma princesse? Avoue que l'orage a du bon. Il a chassé l'air lourd et étouffant. L'herbe est mouillée, c'est vrai, mais on respire mieux. Je suis sûr qu'une surprise nous attend, là-bas, après le bois de sapins. »

Il faisait très sombre. La main de Jack était douce, chaude. Soudain je fus prise d'une faiblesse étrange. Je ne pouvais plus marcher.

« Jack? Je me sens mal. J'ai peur... »

Je le voyais à peine. Ce n'était plus qu'une ombre sans visage. Mais je le devinai tout proche. Un élan irrésistible me jeta contre lui. Ses bras se refermèrent sur moi, comme le plus tendre des remparts entre ma détresse et le reste du monde.

« Sylvie! Ma petite Sylvie... »

Jack n'en dit pas plus. Sa bouche se posa sur la mienne. Ce fut un baiser à la saveur d'éternité. Un baiser qui nous laissa étourdis, tremblants, ivres de bonheur et de promesses muettes.

« Viens! » me dit-il à l'oreille.

Tous deux pris d'une gaîté mystérieuse, nous avons couru sur le chemin pour échapper à l'ombre des sapins. Main dans la main. Les nuages s'étaient enfuis, la lune brillait maintenant dans le ciel. Des champs baignés d'une clarté laiteuse s'étendaient autour de nous. Je me sentais délivrée de tout. De mon passé de jeune femme, de mes doutes, de mes craintes. Jack me désigna un pré parsemé d'énormes bottes de paille rondes. J'étais essoufflée, mais je le suivis encore.
Il s'écria avec un rire presque enfantin :

«Je suis heureux, Sylvie! Heureux! La France est un pays extraordinaire...»

Il m'attira contre lui. Ma joue chercha le refuge de son épaule. J'aurais voulu rester là, toujours.

«Dis-moi, Sylvie, sais-tu ce qui me rend aussi heureux?

– Non? Le clair de lune?

– Non! C'est toi, parce que tu m'as enfin embrassé. Tes lèvres sont plus sincères que tes regards. Tes yeux me fuient souvent, ils sont pleins de gêne, de silence, de honte, de désir aussi. Ta bouche ne ment pas. Je la veux encore, encore... toute la nuit!»

Je frémissais de joie, du simple plaisir de sentir battre le cœur de Jack contre moi. Son cœur qui battait de plus en plus vite, au rythme de son souffle précipité.

Ses mains devenaient vagabondes, elles caressaient ma poitrine, glissaient jusqu'à ma taille, s'égaraient sur mes hanches.

«Sylvie... je t'aime, je t'adore! Embrasse-moi, ma chérie. Je ne te demanderai rien d'autre. Tes lèvres si tendres, ton cœur...»

Ces mots me parurent résonner étrangement dans le silence de la nuit. Jack était sérieux, il avait le visage ardent, le regard sombre. J'eus un petit mouvement de recul, comme si j'avais encore la possibilité de le fuir. Il m'embrassa avec fougue, me tenant fermement. Nos corps se retrouvaient, se comprenaient. Pourtant, Jack tint parole, il se contenta de ce baiser savoureux, dévorant.

« Rentrons maintenant! »

Ses bras s'étaient détachés de moi, ses lèvres m'avaient abandonnée. Éperdue, je refusais de m'éloigner de lui. Il répéta:

« Rentrons! Il est tard, il faut dormir... »

Et nous sommes retournés vers l'auberge. Lui dans sa chambre, moi dans la mienne. Je n'avais pas eu le courage de le garder ou de lui demander pourquoi cette brusque sagesse. Mais je ne le connaissais pas tout à fait. Jack est si particulier, même encore aujourd'hui! Si vous saviez comme il peut se montrer surprenant! Mais il me laisse seule trop souvent. Nous sommes à l'âge de raison, je sais, pourtant je ne supporte pas son absence... et je pense que je ne m'y ferai jamais.

C'est d'ailleurs cette sensation de manque qui fut à l'origine de tout. Quand je dis tout, cela cache tellement de choses. Je vous expliquerai plus tard...

D'abord, je dois vous raconter notre dernière journée à Ségur-le-Château, puisque je voulais absolument voir la nouvelle acquisition de mon cousin. Emmanuel n'avait pas menti.

En pénétrant dans le village de Ségur, on entre dans un autre monde, on est un peu hors du temps. Le site est digne d'un roman de cape et d'épée avec son vieux château au pied duquel coule la nonchalante Auvézère, ses vieux logis, ses ruelles étroites. Nous sommes allés contempler la maison d'Emmanuel qui était vraiment splendide avec ses murs de pierre mordorée, ses colombages, sa petite tour chapeautée de tuiles brunes et sa grosse porte cloutée séculaire. Cependant, la clé resta dans ma poche. Nous aurions pu dîner ou coucher chez mon cousin, mais nous ne désirions ni l'un ni l'autre pénétrer dans cette maison en l'absence du maître des lieux.

Le village ne possédait pas d'hôtel, mais on m'avait donné l'adresse de particuliers qui louaient des chambres en période estivale. Nous avons passé notre journée à découvrir chaque parcelle de ce site magnifique. Nous avons pris un apéritif dans un café-tabac dont la devanture tenait de l'estaminet, et nous avons acheté quelques victuailles dans une épicerie qui, elle aussi, aurait pu servir de décor à un téléfilm se déroulant au siècle dernier.

Nous avons ri comme des gosses, car nous nous attendions presque à ce que le montant de nos achats soit réclamé en louis d'or! Nous avons fait ensuite une longue balade en bordure de l'Auvézère. La rivière est ici majestueuse avec ses retenues d'eau et ses moulins. Nous avons pris notre repas de midi au bord de l'eau. Et là, sous l'ombrage pailleté de la lumière des frênes, Jack m'a embrassée longuement. Un baiser envoûtant, délicieux qui nous rappela notre première étreinte, là-bas, en Louisiane, sous le grand magnolia. Il faisait si chaud que nous avons tenté de somnoler l'un contre l'autre, profitant de la langueur de ce beau jour d'été. Notre sang battait pourtant la chamade, palpitant d'un désir plus impérieux. Nous aurions tant voulu que cette belle journée ne finisse jamais!

Puis nous sommes revenus à pied, en longeant la rivière, vers la maison de nos hôtes. Celle-ci se trouvait en pleine campagne, un peu à l'écart du village. Ils avaient aménagé quelques chambres dans une bâtisse faisant face à leur demeure. La soirée était chaude.

C'est avec délices que je regagnai la fraîcheur de ma chambre, vers sept heures du soir. Jack n'avait pas été très bavard. Je me mis à rêver qu'il souffrait à l'idée de son prochain départ, qu'il n'avait pas envie de me quitter. Je pris une douche, ensuite je m'étendis nue sur mon lit. Les lieux étaient silencieux, nos hôtes nous avaient avertis qu'ils devaient assister à une fête à Pompadour. Aucun bruit ne venait jusqu'à moi.

Après avoir bien réfléchi, je décidai de faire de cette ultime soirée un inoubliable souvenir; d'être détendue, gaie, douce, afin de laisser à Jack une image presque idéale de sa princesse. Ce qualificatif insolite me plaisait, rendu plus savoureux encore par son accent.

Soudain, on frappa à ma porte. J'eus juste le temps d'enfiler un kimono de satin noir que je portais comme pyjama. J'allai ouvrir. C'était Jack, très élégant, mais le visage crispé par une sorte de douleur mystérieuse.

Il entra aussitôt, me regarda intensément. Ses mains se tendirent vers mon visage qu'il emprisonna dans ses doigts tièdes et câlins.

« Sylvie, je voulais te voir un peu. Seul. Ma petite Sylvie si jolie. »

Mon cœur battait sur un rythme effréné. Je me souviens : j'ai fermé les yeux, prise de vertige. Le désir me consumait déjà. Jack me serra contre lui, en murmurant des mots d'amour. Il chercha mes lèvres et je lui rendis son baiser fougueux.

J'étais perdue, lui aussi peut-être. Le baiser durait, durait. Nous étions enlacés, si près l'un de l'autre que je percevais la moindre réaction de son corps. Il m'attira vers le lit. J'eus un geste de refus, il me dit d'un ton dur, avec une voix rauque :

« Ne triche pas, Sylvie! Ne te refuse pas, pas ce soir... Je n'en peux plus! »

Cet aveu me bouleversa. À partir de cet instant, je ne sus plus qui j'étais, qui il était. Le temps, la réalité, le monde entier s'effaçaient, se noyaient. Il n'y avait plus que nous deux, nos mains, nos gestes, nos jambes nouées, mes seins sous sa bouche, sa bouche sur mon ventre, sur mes cuisses. Jack se révéla un amant sensuel et tendre, passionné et attentif. Il savait oublier pour s'abandonner, sans vraiment perdre conscience de ma présence. Souvent il répétait mon nom, comme ébloui.

Ce fut une étreinte merveilleuse, celle que j'attendais depuis des années... depuis le parc solitaire de La Nouvelle-Orléans. J'avais été si heureuse avec Jack que je fus saisie d'un regret douloureux. Pourquoi n'avions-nous pas fait l'amour là-bas, en Louisiane, alors que j'étais neuve, prête pour lui seul? Comment survivre désormais? Comment accepter le contact d'Adrien, qui ne saurait jamais me rendre aussi heureuse, me transporter ainsi de plaisir et d'émotion?

Blottie contre Jack, je me posais la question. Il me tenait par l'épaule et ses doigts me caressaient encore. Il ne parlait pas. Pourquoi? Quels seraient ses premiers mots? J'avais un peu peur...

« Sylvie, est-ce que tu es capable de tout laisser pour moi? De divorcer, de partir? Si je te le demandais, me suivrais-tu en Louisiane? »

La joie, mais aussi la crainte, me coupa le souffle. Joie d'entendre Jack avouer de manière si directe son amour, crainte devant le gouffre ouvert. Tout quitter, tout briser? Des visages dansèrent dans mon esprit, celui de mon mari, ceux de mes parents et de mes amis. Je revis ma maison bien-aimée, familière, mes bibelots, mon jardin, mes rosiers. La sécurité sans surprise. Et cet enfant que je souhaitais tant adopter...

« Sylvie, ton silence est la meilleure des réponses! Je ne suis qu'un jouet, une distraction! »

J'eus envie de rire. Ce ne sont pas les hommes, d'ordinaire, qui disent ce genre de chose. Jack se redressa pour me regarder bien en face. Je lui vis un air si grave, si malheureux que je m'écriai:

« Jack! Tu ne seras jamais un jouet pour moi. Je me suis donnée à toi corps et âme. Je t'aime et je ne veux pas te perdre. »

Ses yeux si beaux me scrutaient. Il attendait, la respiration un peu précipitée. Il était d'une séduction telle que je dus tourner la tête pour cacher la force renaissante de mon désir...

« Jack! Si tu le veux, je ne serai plus qu'à toi, pour l'éternité! Emmène-moi, mon amour! Je t'en prie, emmène-moi! Je renonce à tout pour toi, je ne peux pas rentrer à la maison, reprendre cette vie triste, monotone, près d'un homme qui est surtout un ami, un ami très cher mais incapable de me rendre aussi heureuse... »

Jack poussa une plainte sourde, de bonheur et de fièvre amoureuse. Il s'abattit sur moi, presque violent. J'eus l'impression de m'enflammer, de monter au ciel. Mon être secret, intime, se réveillait d'un long sommeil maladif, je devenais une femme, une vraie femme sans pudeur, sans retenue.

Le ciel bleuissait. La nuit s'annonçait. Dans les champs dont l'odeur chaude d'herbe sèche nous parvenait, les criquets entamaient leurs chansons.

Je n'oublierai jamais ce moment où, tous les deux épuisés et comblés, nous nous sommes souri. Douce complicité! J'avais faim et soif, Jack aussi.

Nous avions retenu une table dans une auberge située en bordure de l'Auvézère.

Ce dîner fut une fête. Je ne voyais que Jack, son visage, son sourire, sa bouche. Je rêvais des heures suivantes, d'autres étreintes folles et douces.

Jack commanda du champagne. Je me mis à rire. J'étais enfin moi-même. Je savourais un sorbet au cassis... Depuis, je déteste le parfum du cassis.

«Je téléphonerai demain matin à Adrien et je lui dirai la vérité pour nous, dis-je soudain. J'ai de l'argent personnel, je vais réserver une place dans l'avion que tu prends pour rentrer. Ensuite, nous verrons! Ta femme comprendra, n'est-ce pas, comme Adrien le fera, parce que notre amour sera le plus fort...»

Et je pris la main de Jack, entre les verres et les assiettes. Une main brusquement distante, inerte, une main réticente.

«Sylvie... comment te dire? Tout à l'heure, j'ai perdu l'esprit. Je voulais savoir la profondeur de tes sentiments, te démasquer! Je t'ai tendu un piège d'homme jaloux et possessif. Je pensais que, si tu acceptais de tout quitter pour me suivre, j'aurais la preuve que tu m'aimais. Le désir m'a rendu fou. Sylvie, ne sois pas blessée, mais tu sais bien que nous sommes mariés. Tu l'as dit toi-même. Sandra ne doit pas souffrir, ni Adrien que j'estime beaucoup. Et puis, il y a Shirley. Rien n'est simple lorsqu'on a un enfant...»

J'avais envie de hurler: et moi alors? Je m'écroulais intérieurement, le cœur en miettes, l'âme broyée par ce revirement. Comment avait-il pu? Jack m'apparut d'une cruauté insensée. Ainsi, tout était faux, calculé, prévu. Il ne m'aimait pas. Il me voulait, il avait réussi. Ses vacances en France se terminaient sur une victoire! Quel lâche!

Écœurée, je me suis levée et je suis sortie de l'auberge... Ce fut une fuite éperdue. En quelques minutes, je rejoignis ma chambre et je bouclai ma valise. Je ne pus respirer que lorsque je repris à nouveau le volant de ma voiture, en comptant les kilomètres qui me séparaient de lui. Je pleurais, je criais ma haine et ma honte, car Jack était resté à table, ne m'avait même pas suivie pour me retenir. Il avait assurément entendu le bruit du moteur, celui des pneus sur le chemin de gravier blanc qui reliait l'auberge à la route. C'était un monstre, un profiteur. Je me fis la promesse de ne plus jamais le revoir, de le chasser de mes souvenirs et même de mon cœur.

Il était trois heures du matin quand j'arrivai à Confolens. La maison était plongée dans l'ombre et le silence. Adrien avait dû sortir. Cela me parut providentiel. Je n'aurais pas pu répondre à ses questions, ni supporter ses regards ou encore lui cacher quoi que ce soit.

Je me suis couchée, épuisée et vidée. La violence de mon chagrin me terrassa. Je m'endormis en appelant la mort pour me délivrer de cette douleur aiguë vrillant tout mon être. Trahie, j'étais trahie, confrontée au malheur après avoir cru entrer au paradis des grandes amours invincibles...

*

Margaret observait avec émotion toutes les expressions qui animaient le visage de Sylvie pendant qu'elle racontait cet épisode dramatique de son existence. Elle sentait son hôtesse frémir, puis la voyait sourire, lever les mains ou soupirer. Profitant d'un temps de silence, elle lui avoua ce qu'elle pensait.

« Sylvie, puis-je vous interrompre un instant? En tant que femme, laissez-moi vous dire que j'aurais réagi comme vous! Si j'osais, j'ajouterais que votre cher Jack ne m'est pas très sympathique, enfin, à ce point précis de votre histoire... Vous avez dû être tellement déçue, blessée! Et pourtant vous l'aimez encore! »

Sylvie eut un sourire mystérieux. Elle caressa le chat blanc qui, selon son habitude, était venu on ne sait d'où et s'était blotti sur les genoux de sa maîtresse.

« Je comprends votre réaction, Margaret. Ne craignez rien, je ne m'en offusquerai pas. Ce jour-là, je le reconnais, il avait dépassé les limites du tolérable. Mais le plus étrange c'est que le cours de ma vie aurait pu changer totalement, ensuite. En fait, j'avais réussi à fuir cet homme qui m'avait causé un tel affront et il s'en est fallu de peu pour que jamais je ne le revoie. À votre avis, Margaret, vers qui ai-je volé afin de recevoir amitié et réconfort... Le seul à qui je pouvais confier ce qui m'arrivait? »

Margaret fronça les sourcils, cherchant la solution. Sylvie ne parlait pas de son mari Adrien, aucune femme ne dévoilerait un adultère récent à son époux. Elle s'écria, triomphante :

« Votre cousin Emmanuel!

– Évidemment... murmura Sylvie. Emmanuel, l'éternel confident. À cette époque, il a failli obtenir ce dont il rêvait. Voilà ce qui s'est passé. »

5
À Collonges-la-Rouge

C'est vrai, je ne sais pas comment j'aurais surmonté cette pénible épreuve sans mon cher cousin Emmanuel. Deux jours après mon retour de Corrèze, je suis allée lui rendre visite à Aixe, dans la petite maison en bordure de Vienne qu'il habitait en solitaire. Jamais je n'avais été aussi malheureuse. Je suis tombée en larmes dans ses bras. Il m'a consolée en me berçant contre lui, comme lorsque j'avais six ans. Puis il m'a préparé un bon café, et j'ai pu lui raconter ma triste aventure.

« Je m'en doutais, tempêta-t-il. Ce type ne pouvait te faire que du mal. Non, il n'a eu aucun scrupule. Il s'est moqué de toi, alors que tu lui offrais ta vie entière, au risque de faire souffrir tant de gens. Ton mari, sa femme, sa fille... »

Il a caressé longuement mon visage, que j'avais enfoui au creux de son épaule.

« Ne pleure pas, mon petit ange! répétait-il. Je serai toujours là. Je prendrai soin de toi. Plus personne ne pourra te faire de mal. Je te le promets. Je t'aiderai à oublier. »

Ses paroles me firent l'effet d'un baume. Ce que je lisais dans le regard d'Emmanuel, à ce moment-là, était unique et très doux. Oui, il doit exister entre l'amour et l'amitié un sentiment infiniment précieux et délicat qui s'appelle la tendresse. Pourquoi mon corps vibrait-il de passion pour Jack et non pour ce bel homme brun, au teint mat, qui aurait séduit la plupart des femmes? Durant des années, j'avais cru aimer Emmanuel comme un frère. Je découvrais ce jour-là que ce sentiment était un peu différent. Je ne l'aimais ni comme un frère ni comme un amant. C'est difficile à expliquer. C'était une sorte de complicité d'âmes. Mon corps n'avait jamais désiré Emmanuel, mais nos esprits se comprenaient toujours. J'avais deviné qu'il en était autrement pour mon cousin. Il m'aimait, lui...

Le malheur est qu'en amour je ne cherchais pas une similitude de caractère, mais plutôt une complémentarité. Pourtant, toute proche de la mienne ce jour-là, sa bouche semblait attendre un baiser...

Je me souviens avec une précision étonnante de mon geste de recul, assorti d'un piteux:

«Désolée, Emmanuel, je ne peux pas...»

Il a haussé les épaules en répliquant:

«Je ne t'ai rien demandé, Sylvie! Tu es si jolie, j'ai réagi comme tout être normalement constitué quand l'objet de son rêve se trouve à portée. Un minuscule élan, que tu ne peux pas me reprocher.»

Emmanuel était ainsi, capable de faire de l'humour en pleine tragédie. Enfin, je l'ai ressenti de la sorte, car je me sentais perdue, incapable de reprendre ma vie ordinaire. De plus, je crois que l'attitude légèrement équivoque de mon cousin n'avait fait que m'éclairer davantage sur mes sentiments pour Jack. J'avais compris en un instant qu'il était vraiment le seul à pouvoir m'inspirer la passion, la vraie, celle qui dévore, qui enflamme et qui ronge! Celle que je voulais vivre jusqu'au bout et qui venait de me glisser entre les doigts...

Emmanuel me proposa de passer quelques jours chez lui.

«Ce serait mieux, Sylvie. Dans l'état où tu es, Adrien finira par comprendre qu'il s'est passé quelque chose si tu retournes chez toi aussi perturbée.

– Oh! Adrien... je l'ai à peine vu, ou disons qu'il ne m'a pas accordé une grande attention. Tu le connais, les urgences, les visites, les parties de bridge. Je n'en peux plus, j'étouffe, Emmanuel!

– Justement! Accepte mon offre! insista mon cousin. Tu me rendras heureux et cela t'aidera à surmonter ce que tu viens de subir. Il y a longtemps que je souhaite t'emmener à Collonges-la-Rouge, ce serait l'occasion.»

J'acceptai, charmée malgré mon chagrin par la sonorité de ce nom, Collonges-la-Rouge. J'avais déjà entendu parler de ce village, un des plus beaux de France, mais je ne l'avais pas visité. Emmanuel se chargea de prévenir mon mari. Adrien aurait pu s'étonner. J'avais promené Jack en Charente limousine pendant huit jours, j'étais rentrée à la maison en affichant une mine défaite, pour filer aussitôt chez mon cousin. De là, je lui annonçais une nouvelle absence de quatre jours au moins. Adrien parut trouver ce chassé-croisé tout à fait normal.

«J'ai eu l'étrange impression que ton cher époux était presque soulagé que je te garde... déclara Emmanuel en me lançant un coup d'œil amusé.

– Tant mieux! Je suis contente d'être là, loin de tout.»

J'avais répondu d'un ton puéril, peut-être parce que j'étais avec mon cousin, qui me ramenait vers le monde de l'enfance, dont je gardais une nostalgie douce-amère.

Emmanuel semblait animé d'une énergie surprenante. Il prépara ma chambre, me fit couler un bain, tout en bavardant sans cesse. Au début, je l'écoutais à peine, obsédée par le souvenir brûlant de Jack, puis, je me pris au jeu, évoquant avec lui des bêtises mémorables de nos vacances, des anecdotes qui mettaient en scène la famille, oncles, tantes et grands-parents.

Le dîner fut même joyeux, ce que je pensais impossible quelques heures plus tôt.

« Demain, je veux que tu sois belle, Sylvie, encore plus belle que ce soir. Je ne t'emmène pas à Collonges par hasard. J'ai rendez-vous là-bas avec un de mes collègues et ami, qui part bientôt en Afrique, en mission humanitaire. Je lui ai promis une petite visite de Collonges-la-Rouge. Imagine un peu, c'est un Québécois! Certes, il a fait ses études en France, et il y vit depuis des années, mais il retourne souvent là-bas, à Chicoutimi, où vit sa grand-mère Suzanne. Par contre, il a gardé l'accent, c'est un plaisir de bavarder avec lui... Et je suis sûr qu'il sera ravi de te connaître, car je lui ai beaucoup parlé de ma délicieuse cousine! »

Je me rappelle avoir baissé la tête, vivement contrariée. Je ne voulais pas peiner Emmanuel, mais je ne pus m'empêcher de protester :

« Mais je croyais que nous serions tous les deux! Je n'ai aucune envie de me forcer à discuter, de jouer la comédie. Pars seul, cela vaudra mieux. Je resterai ici, au calme. »

Mon cousin croisa les bras et me fixa.

« Sylvie, le docteur Tessier est un homme cultivé et discret, qui n'a qu'une passion dans la vie, se rendre utile. Il a divorcé l'année dernière et je pense qu'il part au Togo pour changer d'air, et se rendre utile, surtout. Ce serait une bonne action de ta part d'égayer son court séjour à Collonges. Il n'a pas besoin que l'on s'occupe de lui, c'est juste une question de bonne compagnie. Ne sois pas égoïste! »

À mon air outragé, Emmanuel dut s'attendre à une réaction violente de ma part. Il s'empressa d'ajouter:

«Je n'ai pas dit que tu étais égoïste, Sylvie, attention... Tu voulais être infirmière pour t'occuper des enfants malades et, récemment, tu envisageais d'adopter un orphelin du Tiers-Monde. Je te connais, tu es la générosité même. Quand je te dis cela, je parle d'une circonstance précise, celle de notre escapade à Collonges. Je serai tellement heureux d'être au bras d'une ravissante jeune femme, pour une fois! »

Je compris le message. Célibataire endurci, qui sait, à cause de l'amour qu'il me vouait peut-être, Emmanuel m'avait souvent avoué qu'il souffrait de certaines remarques. Ses patients ou ses collègues ne comprenaient pas, qu'un aussi séduisant médecin fût encore solitaire, car personne ne lui connaissait de maîtresse ou de compagne occasionnelle.

D'ailleurs, ce soir-là, je lui posai une question qui le fit rire aux éclats.

« Mais tu as déjà fait l'amour, au moins?

– Oh! Sylvie! s'écria-t-il. Heureusement! Je suis quand même un être de chair, animé de pulsions. Cependant je n'étale pas mes conquêtes, triées sur le volet et elles-mêmes aussi discrètes que moi. J'espère que tu n'es pas déçue...

– Non, je suis rassurée! »

Nous avons ensuite échangé des confidences coquines, ce qui fit naître une atmosphère ambiguë dont je fus la première victime. Évoquer les plaisirs du corps, alors que ma sensualité venait à peine de s'éveillée entre les bras de Jack devint un supplice. L'amant, mon merveilleux amant, m'avait reniée, bafouée.

En me couchant, je fondis en larmes, silencieuses, de crainte d'alarmer Emmanuel. Bien sûr, j'avais néanmoins promis de l'accompagner à Collonges et de me montrer aimable envers le docteur Jean-Philippe Tessier. À tout prendre, rencontrer un natif du Québec, ce pays des grands froids, me ferait peut-être un peu oublier la Louisiane et ses touffeurs dangereuses pour les sens...

Le lendemain, nous avons pris la route en début d'après-midi, le temps pour Emmanuel de recevoir quelques patients avant de fermer son cabinet pour deux jours.

Emporter l'appareil photo et quelques affaires de rechange, s'installer dans la voiture, cela me rappelait cruellement nos départs joyeux, avec Jack.

Emmanuel sifflotait. Vêtu d'une chemise bleue, d'un blouson léger et d'un pantalon noir, mon cousin ressemblait à l'étudiant de jadis, aussi souriant, aussi attentif que par le passé.

Moi, je portais une robe d'été très légère, de couleur beige. Je m'étais surprise, en m'habillant, à rechercher un style décontracté mais féminin. Était-ce une envie de revanche sur le sort, j'avais le désir soudain de plaire, de séduire. Qui? Mais tous les hommes qui croiseraient mon chemin, autant Emmanuel que Jean-Philippe Tessier ou un inconnu de passage.

« Tu es adorable! décréta mon cousin. Ce tissu sied

à ton teint hâlé et j'adore cette coiffure un peu négligée. Et le maquillage, bravo, on ne voit pas que tu as pleuré une partie de la nuit.»

Ainsi il m'avait entendue sangloter, malgré mes efforts pour étouffer mes larmes.

«Navrée, cousin! répliquai-je sur un ton dur. Tu ne peux pas savoir combien je souffre. Hier soir, grâce à toi, au vin que tu m'as servi, j'ai pu oublier Jack, mais aujourd'hui, je pourrais hurler de douleur. Je voudrais le revoir, le toucher...»

Emmanuel poussa un gros soupir. Il mit une cassette de musique classique, du Mozart, et se concentra sur la conduite de son véhicule.

Cependant, au fil des kilomètres, la beauté des paysages que nous traversions m'apaisa. Toute cette verdure, ces vallons, ces coteaux, le lit argenté des rivières et l'apparition soudaine, au sein de ce décor, de quelques toits frappés de soleil, c'était suffisant pour composer un spectacle à la fois simple et magnifique, qui me réconcilia avec la vie.

«Dire que j'étais prête à quitter la France pour l'Amérique! Les femmes sont stupides, n'est-ce pas, Emmanuel...

— Non, elles sont juste capables de n'importe quoi pour suivre celui qu'elles considèrent comme leur grand amour. Sait-on jamais, tu pourrais tomber amoureuse de mon ami Jean-Philippe et finir tes jours au Québec, au bord du Saguenay... Les hommes n'osent pas agir ainsi, et puis ils s'épuiseraient pour rien dans certains cas!»

Mon cousin parlait de lui, j'en étais sûre. Je ne pus

m'empêcher d'apprécier ses allusions taquines et tendres, ainsi que l'éclat plein d'adoration de ses regards. Mais je protestai en ce qui concernait son ami Jean-Philippe :

« Je ne tombe pas amoureuse si facilement, Emmanuel ! Et ce ne serait pas gentil pour toi, n'est-ce pas ? »

Nous approchions de Brive, et je me surpris à l'embrasser sur la joue, mais bien près de la bouche, je ne sais pas pourquoi... Défi, provocation ou regret que ce ne soit pas Jack, assis au volant.

Emmanuel ne broncha pas. Il parut surtout heureux de mon geste. Un peu plus tard, il m'annonça :

« Nous arrivons. »

J'aperçus les toitures en pointe, couvertes d'ardoises, d'un clocher, puis d'une tour.

« Ma petite Sylvie, voici Collonges-la-Rouge et ses murailles de grès... rouge, évidemment. Ce village porte bien son nom.

– Où as-tu rendez-vous ? demandai-je.

– À l'auberge du Cantou, un établissement au cadre formidable. Tu sais, des vieilles pierres, des poutres, enfin un décor à l'ancienne. Quant à la cuisine, tu vas prendre deux kilos en une heure ! Mais j'ai réservé trois chambres, tu pourras vite monter te coucher. »

Je ne pus m'empêcher de pouffer, amusée. En fait, je ne regrettais plus du tout cette escapade avec mon charmant cousin.

Jean-Philippe Tessier arriva à dix-neuf heures précises, alors que nous sirotions un apéritif, Emmanuel et moi. Je fus un peu déconcertée lors des présentations, car je l'avais imaginé moins classique. Il devait avoir un peu plus de trente ans, trente et un pour être exacte. De taille moyenne, il portait un costume très élégant. Ses cheveux encadraient un front de penseur. Ses lunettes ne nuisaient en rien à la douceur de son regard empreint d'une très grande chaleur humaine. Moi qui sortais d'une désillusion et qui pensais rencontrer le vrai prince charmant, capable de détrôner Jack, je fus aussitôt touchée par le charme qui émanait de cet homme.

Tandis qu'il discutait avec Emmanuel, je pus l'étudier à loisir. Et avoir honte, soudain, de mon chagrin d'amour. Jean-Philippe ne se lamentait pas sur son divorce; au contraire, il se réjouissait de partir au bout du monde soigner des enfants privés du nécessaire.

Enfin, il se tourna vers moi et me dit, avec cet accent québécois si particulier, qui a le don de nous charmer, nous, les Français:

«Alors vous êtes Sylvie! Figurez-vous que j'en sais des choses sur vous. Par exemple, le nom de votre première poupée, vos goûts en littérature, votre amour du bon chocolat...

– Moi aussi, j'ai quelques renseignements à votre sujet! répliquai-je. Je parie que vous allez de temps en temps à Chicoutimi, rendre visite à votre grand-mère Suzanne... et que vous aimez cette belle région du Saguenay!

– Match nul!» s'écria Jean-Philippe avec un sourire malicieux.

Je me mis à rire spontanément, sans arrière-pensée. Emmanuel aussi. Tout au long du dîner, copieux et savoureux, car la gastronomie, à Collonges, n'est pas un vain mot, nous avons plaisanté, évoqué nos souvenirs, nos rêves d'enfant.

J'ai parlé de la ferme de mes grands-parents, près de Lessac, où j'avais passé de si bonnes vacances; Emmanuel a renchéri, puisqu'il y venait, lui aussi. Quant à Jean-Philippe, il nous a enchantés, avec ses récits des parties de pêche sur le lac Saint-Jean en compagnie de son grand-père. Il nous a aussi fait frissonner, malgré la chaleur douce régnant dans la salle du restaurant, en évoquant les hivers canadiens, où la température descend souvent à -40°.

Emmanuel m'a soufflé à l'oreille:

«Depuis que je connais Jean-Philippe, il me raconte ses souvenirs du grand froid de son pays natal, le Saint-Laurent pris dans les glaces, la neige durant six mois. À la fac de médecine, je l'avais surnommé monsieur de la Froidure.»

Cette fois, je pouffai comme une gamine, ce qui ne déplut pas à Jean-Philippe, puisqu'il avait très bien entendu le chuchotis de mon cousin.

Bref, l'ambiance était si sympathique à notre table qu'au dessert, je me suis levée et je suis allée commander du champagne, en cachette, à la patronne qui entra aussitôt dans mon jeu. Elle l'apporta à notre table avec des mines de conspiratrice, comme si un inconnu nous offrait cette bouteille, un ami de Jean-Philippe et d'Emmanuel. J'ai déclaré gaiement:

«C'est mon cadeau, pour agrémenter cette délicieuse soirée. J'adore le champagne, même si je pensais ne plus en boire, il y a trois jours à peine.»

Emmanuel me prit la main. Il comprenait... Je lui avais raconté l'influence de ce vin délicat dans nos relations, à Jack et moi.

Ce furent donc trois compères joyeux qui sortirent

de l'auberge du Cantou pour une visite nocturne de Collonges. Dès les premiers mètres, alors que nous nous dirigions vers la Halle aux grains, mon cousin me prit par la taille. Ce geste pouvait passer pour une marque de familiarité bien naturelle, mais je me sentis gênée.

Cette balade fut un enchantement. J'ignorais que cette petite ville recelait autant de trésors d'architecture. Près de la Halle aux grains, qui était encore utilisée comme un marché d'antan dont Emmanuel me vanta le pittoresque, se dressait le tribunal de la Châtellenie.

Jean-Philippe s'avoua sous le charme quand il se retrouva devant la maison de la Sirène une remarquable demeure du XVIe siècle. À Collonges, les murs sont tous de grès rouge, et cela donne son cachet particulier à l'ensemble du bourg.

Vous devriez y aller, Margaret, cela vous plairait. D'ailleurs, j'ai un regret, celui de ne pas être retournée là-bas avec Jack quand nous nous sommes installés ici. Si je n'ai pas voulu l'emmener à Collonges, c'est sûrement à cause des souvenirs troublants qui se sont ensuite attachés à ce lieu.

Jean-Philippe s'extasia devant chaque maison de la rue Noire, bâties en retrait les unes des autres, ce qui facilitait jadis la défense de la ville.

« Vraiment, la France est un pays merveilleux qui a su préserver les trésors de son patrimoine! » déclara-t-il.

Je partageais son admiration, surtout quand je pus contempler la superbe demeure des Ramades de la Serre, flanquée d'une tour carrée.

Malgré l'heure tardive, des touristes se promenaient comme nous et je garde, même des années plus tard, un souvenir très vif de tout ce que j'ai vu ce soir-là.

Emmanuel me serra contre lui. Jean-Philippe déambulait à quelques mètres.

« Ma Sylvie chérie! murmura mon cousin, je n'ai jamais été aussi heureux que ce soir. Le champagne, ce magnifique village, et toi surtout, toi près de moi, si jolie, si vive. »

Les femmes sont capricieuses... Bien qu'émue par cette déclaration chuchotée au creux de mon cou, je répondis d'un ton ironique :

« Tu vois les conséquences du champagne, des beautés historiques et d'un bon repas sur les hommes! Ils se mettent soudain à vous aimer, à vous prendre par la taille. Tiens, pour être franche, tu me fais penser à Jack, les soirs où on se promenait après le dîner. Aussi pressant, peut-être aussi faux! »

Oui, j'ai été cruelle. Le désir que je percevais chez Emmanuel me rendait furieuse, car il était à mon sens une terrible injustice. Pourquoi ne pouvais-je pas m'offrir à mon cousin, lui rendre son amour et connaître une vie paisible et douce?...

Jean-Philippe nous découvrit presque enlacés, et il marqua un peu de surprise. Cependant il ne fit aucune remarque, excepté sur la chapelle des Pénitents, que nous avions vue auparavant.

« Figure-toi, déclara alors Emmanuel, qu'elle abritait une confrérie, les Pénitents noirs, qui enterraient les morts bénévolement. »

Ces mots me firent frissonner. Mon cousin me prit par l'épaule d'un geste possessif.

« Rentrons à l'hôtel! dit-il. Sylvie doit être fatiguée.
– Bien sûr! approuva Jean-Philippe. Je vous suis, car je n'ai aucun sens de l'orientation. Si vous me semez, je serai obligé de dormir contre un mur. Pourtant, lorsque je retourne au Québec, j'adore me promener dans les bois... mais j'emporte une boussole! »

La boutade me fit à peine sourire. J'étais lasse et, de plus, troublée par le contact d'Emmanuel. Tout en marchant dans les rues, appuyée contre lui, je m'interrogeais.

« Et si cette nuit je faisais l'amour avec mon cousin... Que se passerait-il? Parviendrait-il à me faire oublier les caresses et la fougue de Jack?... »

Notre lien de parenté ne me dérangeait pas, puisque nous n'étions pas réellement cousins. Mais je le considérais depuis des années comme un frère, et, à cette idée, mes fantasmes se dissipèrent.
Hélas! Emmanuel avait sans doute songé à la même éventualité. Il frappa à la porte de ma chambre.

« Sylvie, est-ce que tout va bien? souffla-t-il quand j'entrouvris le battant.
– Oui, entre! Je n'étais pas couchée...
– Excuse-moi de te déranger, mais tu m'as parue étrange, en bas, à la réception. Tu fixais Jean-Philippe, les yeux brillants, et j'ai cru que tu allais pleurer. »

C'est agréable, quelqu'un comme Emmanuel, qui lit sur votre visage les secrets de votre âme. Je pris mon cousin par la main et le fis asseoir au bord de mon lit.

« Écoute, dis-je, à la fin de notre promenade, j'ai eu des idées bizarres. Je t'ai considéré soudain comme un possible amant, et même un futur compagnon qui me comblerait d'amour et ne me quitterait jamais. Cette pensée m'a fait honte, autant à l'égard d'Adrien que de Jack. Je ne vais pas passer ma vie à quêter le bonheur... »

Emmanuel me regardait sans bien comprendre, pour une fois. Il voulut me faire taire d'un geste, mais je repris :

« Et si je fixais Jean-Philippe, tout à l'heure, c'est parce que je venais de trouver une solution à mon existence si vaine, grâce à lui. Emmanuel, j'ai mon diplôme d'infirmière... Moi aussi, je peux partir en Afrique, avec Médecins sans frontières, par exemple. Au moins, je serais vraiment utile, je donnerais un peu de réconfort et d'amour à des enfants, à des gens qui en ont tant besoin. Et je tracerais un trait sur mon mari, sur Jack. J'en ai assez de dépendre des hommes, de me sentir liée à eux... »

Je me sentais très résolue et je voulais persuader mon cousin, qui me dévisageait d'un air attendri.

« Oh! Sylvie, tu me parais si fragile. Combien de temps tiendrais-tu, là-bas, confrontée à la pire des misères, toi qui as toujours vécu dans le confort?

— Justement, je ne veux plus avoir cette image de moi, une petite bourgeoise qui s'ennuie et prend un amant pour s'exalter! C'est terminé, je veux partir. Je ne veux plus penser à tout ça. »

Il se passa alors quelque chose d'inouï! Emmanuel me renversa sur le lit et m'embrassa avec passion, prenant possession de mes lèvres, de ma bouche, sans que j'aie eu le temps de réagir. Et, chose étrange, je me sentis capable de répondre à son désir. Déjà ma main caressait son dos, déjà je fermais les yeux, prête à accepter ce qui allait se produire...

Aussi brusquement qu'il s'était jeté sur moi, mon cousin se redressa.

« Reste, murmurai-je. Viens...

– Non! Ce serait une terrible erreur, Sylvie, je suis sûr qu'ensuite tu pleurerais à chaudes larmes en songeant à Jack. »

Il avait raison. À travers lui, je cherchais les sensations que m'avait données Jack.

« Écoute-moi, petite fille! chuchota mon cousin tendrement. Je ne veux pas prendre ce qui ne m'appartient pas cœur et âme, je souffrirais trop, après. Nous pourrions effectivement vivre ensemble, mais un jour ton Américain reviendrait et tu le suivrais. Pardonne-moi mon geste, j'en avais tellement envie. Et puis, je voulais t'arracher à ton rêve de sacrifice. Tu ne dois pas aller en Afrique, Sylvie. Ce n'est pas ton destin...

– Que sais-tu de mon destin? Tu crois me connaître, mais tu peux te tromper!

– Non! répliqua-t-il d'une voix triste. Tu es faite pour aimer, aimer un seul homme, et ce n'est pas moi, ni ton mari. Alors rentre chez toi bien vite, et attends... Si tu avais quitté Jack froidement, en toute lucidité, ce serait différent. Là, tu as agi sur un coup de tête, et lui, il a dû être saisi de panique en songeant à tous les déchirements, les ennuis qui vous menaçaient si vous décidiez d'avouer votre amour à tous. »

Emmanuel effleura ma joue d'une caresse légère. Je le laissai sortir de ma chambre, et de ma vie de femme. Encore aujourd'hui, Margaret, je me demande si j'ai eu tort ou raison. Car mon cousin ignore toujours une chose, c'est que ce baiser fou qu'il m'a imposé, auquel j'avais si vite répondu, m'a laissé un petit goût de paradis. Mon corps avait frémi sous celui d'Emmanuel. Il avait eu le pouvoir de me troubler, d'éveiller mon désir. Peut-être ai-je perdu ce soir-là, à Collonges-la-Rouge, l'homme qui pouvait me protéger et m'offrir un vrai bonheur.

Enfin, le lendemain matin, Jean-Philippe nous quitta après le petit déjeuner. Il m'embrassa chaleureusement, avec une expression étrange, en me remerciant de lui avoir fait passer une si agréable soirée. Je ne l'ai jamais revu, cet homme si humain, mais j'ai eu de ses nouvelles par mon cousin... Il est retourné s'installer au Québec, à Chicoutimi. Il faisait sans doute trop chaud pour lui en Afrique! D'ailleurs, quand je parle de lui avec Emmanuel, il nous arrive encore de l'appeler monsieur de la Froidure!

Moi, il me fallait retourner près d'Adrien. Hélas, je n'étais pas au bout de mon chemin de douleur.

*

Margaret essuya une larme. Un affreux pressentiment l'avait saisie en écoutant le récit de cette escapade à Collonges. Bien sûr, à présent elle rêvait de visiter ce village, mais elle commençait aussi à comprendre que la belle histoire d'amour de Sylvie et de Jack comportait de bien sombres pages.

« Très chère amie! s'écria-t-elle. Moi, d'après ce que j'ai entendu, je trouve votre cousin formidable. Je suis sûre qu'il ne vous laisserait pas toute seule le soir, comme Jack. Le voyez-vous encore? »

Sylvie parut bouleversée par cette question. Elle lança à son invitée un regard affolé.

« Évidemment, je revois Emmanuel. Il veut toujours m'arracher à Jack, pensez-vous! Ces deux hommes se détestent! Quand mon cousin me rend visite, Jack disparaît pendant des jours, il m'en veut de le recevoir... Et lui, Emmanuel, il me répète sans cesse: "Viens avec moi, Sylvie! Dans ma belle maison de Ségur-le-Château. Je te cajolerai, je te soignerai! Nous pouvons encore être heureux, voyager..." Mais je refuse, bien sûr. Je ne vais pas quitter Jack, alors que nous nous aimons comme au premier jour. Emmanuel est têtu, je le suis plus encore. »

Margaret soupira. Il était tard. Elle prit congé de son hôtesse, malgré ses protestations.

« Non, Sylvie! Je dois vous laisser. J'ai l'impression que votre Jack n'aime pas mes visites et je ne tiens pas à vous séparer. S'il attend mon départ pour rentrer, je préfère partir bien vite. Je reviendrai demain, d'accord? »

Sylvie hocha la tête. Elle n'osa pas avouer sa crainte de se retrouver seule dans la vaste demeure que la nuit envahissait. Selon leur habitude, les deux femmes se dirent au revoir sur le perron.

Margaret s'éloigna d'un pas rapide, utilisant sa lampe de poche pour ne pas trébucher au long de l'allée. Sylvie scruta les ténèbres du parc. Longtemps. Jack revenait toujours par la petite porte, près du mur nord. Elle appela, malade d'espoir:

« Jack? Jack... Tu peux rentrer, Margaret s'en va. Tu me manques, mon chéri, reviens. »

Soudain, elle crut entendre un bruit de pas. Une silhouette d'homme marchait sous le couvert des sapins séculaires.

«Jack!»

Elle s'élança, éperdue de joie. Son bien-aimé avait écouté ses prières. Il lui souriait, un peu pâle, mais les bras tendus vers elle.

Le lendemain, Margaret se présenta chez Sylvie, encombrée de sacs en papier contenant de quoi faire un excellent repas. Les deux femmes s'embrassèrent chaleureusement.

«Chère Margaret! Vous êtes si gentille, prendre cette peine pour moi. Vous savez, Jack est rentré hier, aussitôt après votre départ. Il ne m'a pas quittée de la nuit... Je crois qu'il est parti à la pêche de bonne heure. Il passera ensuite chez un de ses amis.

– Que je suis contente! Vous êtes sûre que je peux rester dîner, Sylvie?

– Mais oui, et comme ça vous saurez ce qui s'est passé quand je suis rentrée de Collonges et que j'ai repris ma vie ordinaire aux côtés d'Adrien.»

Margaret ne put cacher sa joie. Elle s'attachait de jour en jour à la pâle Sylvie.

«Racontez, ma chère! Je prépare notre repas en vous écoutant...»

6
Le retour à Confolens

De retour à Confolens, le calme de la vie quotidienne et mon cadre familier refermèrent lentement ma blessure. Lorsque Adrien m'interrogea sur le départ de Jack, je répondis de façon banale, d'un ton indifférent. Il regretta de ne pas avoir revu son adversaire au jeu d'échecs, et cet étrange épisode du mois d'août tomba dans l'oubli.

Je fis le point. J'avais un mari, Jack avait une femme. Chaque soir, il la prenait dans ses bras, lui faisait l'amour, jouait avec sa fille. Il m'avait sans doute effacée de son existence. Je fis l'impossible pour le rayer aussi de ma mémoire. Mon esprit y parvenait, tant je me raisonnais, tant je lui en voulais de sa lâcheté, mais mon corps le réclamait, l'appelait.

J'eus quelques relations avec Adrien, me contraignant à des élans de bonne épouse. Cela ressemblait à un supplice, même si j'avais la vague impression de me venger de Jack.

Un an s'écoula ainsi...

*

Sylvie se tut brusquement. Margaret avait écouté ses dernières paroles sans aucune gêne. Certains points du récit auraient pu lui sembler impudiques, si justement Sylvie n'avait pas eu souvent cet air égaré, lointain. Les mots venaient d'eux-mêmes, de manière si spontanée qu'ils ne pouvaient être choquants. L'amour, la passion, les étreintes, les baisers devaient être dépeints. Ils faisaient partie intégrante de cette histoire.

Sylvie soupira. Margaret avait préparé une belle

salade, agrémentée de morceaux de poulet froid et de tomates. Dans le silence qui s'installait, les deux femmes se sourirent. Une profonde complicité naissait entre elles.

Margaret, attristée par tout ce qu'elle venait d'entendre, même si ces événements remontaient à plusieurs années en arrière, se consola en songeant que les amants terribles s'étaient de toute façon rejoints et avaient eu droit au bonheur. Elle était impatiente de connaître la suite, ce qui s'était passé au bout d'un an. Aussi se mit-elle à tousser pour attirer l'attention de Sylvie.

« Et au bout d'un an, qu'est-il arrivé? demanda-t-elle en présentant du fromage à son hôtesse.

– J'adore votre accent! s'écria Sylvie comme si elle reprenait pied dans la réalité. Cela me rappelle l'Amérique, ce pays qui m'est devenu cher. Bon, je continue puisque cela vous intéresse. Au bout d'un an, il y eut la lettre. »

*

Je me souviens parfaitement de cette matinée d'été. Nous étions à la fin du mois de juillet. Il y avait le parfum des roses, le chant d'un merle. Le facteur sonna à la grille. Je prenais un café à la petite table sur la terrasse. Adrien venait de partir faire ses visites à domicile. Je me suis levée, j'ai suivi l'allée.

Le facteur, un brave homme qui aimait bavarder pendant sa tournée, me tendit un pli recommandé à signer, je ne sais plus quel courrier administratif... Ensuite je l'entendis plaisanter :

« Et vous avez une lettre des États-Unis. Le timbre est joli... Ma fille fait la collection, alors... »

J'étais déjà dans un état second, certains mots provoquant en moi des réactions irraisonnées. Je me revois ouvrant l'enveloppe, rangeant la feuille pliée en quatre dans la poche de ma jupe et déchirant le papier afin d'offrir au facteur l'angle où se trouvait le timbre. Il me remercia, très content, et sans un mot je repris le chemin de la maison.

Je bus un peu de café avant d'oser déplier la feuille. Je m'étais promis d'oublier Jack, de ne plus le revoir. J'aurais dû, ce matin-là, jeter sa lettre ou la brûler, mais je voulais savoir ce qu'il avait à me dire. Curiosité ou espoir, allez savoir!

C'était une missive assez longue. D'abord, Jack me demandait pardon pour ce qu'il avait fait un an plus tôt. Il avait compris le soir même combien il m'avait blessée, trahie. Il n'avait pas eu le cran de me téléphoner. Il était rentré chez lui honteux et malheureux. Suivaient des explications sur son caractère instable, sur ses hésitations.

Je lus avec surprise ces lignes, dont je me rappelle chaque mot, chaque virgule:

Maintenant, je suis libre. Sandra et moi sommes séparés. Je lui ai tout dit pour toi. Elle n'a pas accepté. Je garde ma fille une semaine sur deux. Je t'aime à la folie, comme lorsqu'on effeuille les marguerites. Viens! Je sais que je n'ai pas été très brillant. Mais je t'attends...

Il me donnait une adresse, un numéro de téléphone. Ma première réaction fut une colère terrible. Après un an, il me demandait de le rejoindre! Après ces mois que j'avais vécus comme une somnambule pour ne pas inquiéter mon mari et mes parents, il m'appelait. Qu'avait-il fait durant un an? Quelle audace, quel orgueil! Se croyait-il irrésistible?

De rage, je déchirai la lettre, puis, aussitôt, je ramassai les morceaux. J'allais lui répondre, lui dire mon mépris, ma haine... Mais entre ma chambre, où je montais pour lui écrire, et la terrasse, je vis le téléphone. Sans souci du décalage horaire, en déchiffrant tant bien que mal le numéro qu'il avait noté en bas de page, je composai ces chiffres capables de me relier à lui malgré l'immensité de l'océan.

Ça ne répondait pas, mais j'insistai et laissai sonner et sonner encore, malgré moi. Je ressentis une déception intense, qui me prouva à quel point j'avais envie d'entendre sa voix. Enfin un déclic et quelqu'un parla, d'un ton ensommeillé. C'était lui. J'eus du mal à articuler son prénom. Pourtant il me reconnut et parut d'un seul coup ranimé :

« Sylvie! My Darling! Tu as donc reçu ma lettre!

– Oui, Jack, mais je tiens à te dire qu'elle est arrivée trop tard. Il est trop tard depuis un certain soir d'été, il y a un an, justement...

– Sylvie, mon petit ange, je t'ai demandé pardon! Ce qui nous avait unis dans ta chambre était tellement fort, tellement grave que j'ai eu peur. J'ai pensé ensuite que je n'avais pas le droit de détruire ton couple, le mien, mais je regrette ma réaction, ma lâcheté. J'ai eu le temps de comprendre que l'amour doit être le plus fort, et je t'aime tant... Lorsque je me suis libéré de mes liens vis-à-vis de Sandra, j'ai décidé de t'écrire pour te retrouver enfin. Tu sais, Sylvie, je n'ai pas pu oublier le bonheur fou que tu m'as donné en t'offrant à moi. Ce sont ces souvenirs uniques qui m'aident à vivre. Je n'ai plus envie d'une autre que toi et je suis sûr que tu es comme moi. »

Je l'écoutais, saisie de panique, car sa voix douce, aux intonations vibrantes, me faisait trembler. Mon corps renaissait, je me souvenais moi aussi de ces heures trop belles, de notre plaisir partagé, un véritable feu dévorant. J'étais incapable de lutter. Il le fallait pourtant. Jack ne me ferait pas souffrir deux fois! D'un ton presque indifférent, je réussis à lui demander:

« Alors, tu as divorcé? Tu es libre, c'est bien ça? Moi, avec Adrien, c'est le grand amour! Donc, tu comprendras que je ne viendrai jamais, jamais. Tu trouveras sans problème une seconde épouse. Adieu, Jack. »

Il eut un cri désespéré. J'avais raccroché. Un flot de larmes inonda mon visage. J'avais tenu bon, mais à quel prix? Lorsque Adrien rentra, vers midi, j'étais couchée. Dans ma chambre, les volets étaient clos pour ne pas laisser entrer la clarté du soleil.

Mon mari monta, entra, soupira, ressortit. Pas un mot. Cette attitude singulière m'alarma. Cinq minutes plus tard, je descendis le rejoindre dans la cuisine.

« Excuse-moi, Adrien, j'ai eu une migraine très violente. Je n'ai pas trouvé les cachets que tu m'as conseillés... »

Adrien me jeta un regard dubitatif. Puis il eut un étrange sourire en marmonnant:

« C'est pratique, la migraine! Les femmes n'ont que ce mot à dire pour dresser des barrières entre elles et les pauvres types qui veulent les approcher. »

Je fus sidérée. Adrien se montrait toujours d'une humeur égale. Il avait horreur des drames, des querelles. Même ce terme de pauvres types ne lui ressemblait pas. Je pris un siège et l'observai. Je le vis soucieux, mal coiffé, les traits tirés. Je perçus son agacement, son malaise.

« Mon chéri, qu'est-ce que tu as? Un problème avec un de tes patients?

– Mes patients ne me posent aucun problème, Sylvie, mais je te remercie de t'inquiéter. Cela n'est pas dans tes habitudes! »

Je me revois stupéfaite, l'esprit en déroute, incapable d'une quelconque répartie. Adrien avala une salade de tomates, but un verre d'eau et s'apprêta à repartir. Il déclara froidement :

« Je suis invité à dîner ce soir. Un vieux copain de la fac. Ne m'attends pas. Je l'emmène jusqu'à Angoulême, on fera la fête! »

Bizarrement, je fus prise d'une crainte imprécise. Je n'avais aucune envie de rester seule toute la soirée, obsédée par Jack.

« Je pourrais peut-être venir avec toi! Je ne suis pas allée à Angoulême depuis un an ou deux. Cela me changera les idées. Dis oui, Adrien! »

Je souriais, jouant les enfants timides, mais le regard de mon mari me glaça. Il semblait furieux. Il cria presque :

« J'ai besoin d'être seul, de respirer. Je ne supporte plus tes airs de martyre, ta tiédeur, tes comédies de bonne petite femme. Tu peux passer la soirée chez tes parents, ils ne t'ont pas vue cette semaine... »

Pourquoi cette mauvaise foi? Pourquoi explosait-il justement maintenant? Il sortit à grands pas, me laissant consternée. Je ne le reconnaissais plus.

Je suivis les conseils de mon mari et débarquai

chez maman. Je passai l'après-midi en ville avec elle. Quelques achats, un goûter léger dans notre salon de thé préféré et une soirée toutes les deux, puisque mon père nous délaissa dès le dîner terminé pour sa chère télévision. Elle me remit les idées en place et me donna quelques conseils.

« Sylvie, tu dois laisser plus de liberté à ton mari. Il passe toutes ses soirées avec toi, il travaille dur et tu ne manques de rien. Son irritation ne me surprend pas. Les hommes ne sont pas faits pour une vie trop calme. Un jour, ils craquent. »

J'éprouvais, en l'écoutant sagement, une impression de dédoublement. Maman me parlait d'Adrien, moi je pensais à Jack. Une de ses phrases, dite à voix basse, me ramena sur terre :

« Ce qui m'ennuie, ce sont ces rumeurs qui courent. Ce ne sont sans doute que de simples bruits, des commérages, mais tu connais le dicton : *pas de fumée sans feu...*

– Mais de quoi parles-tu, maman?

– Oh, Sylvie, je ne voudrais pas te faire de peine, c'est délicat!

– De quelles rumeurs s'agit-il? Au sujet d'Adrien et de moi? Tu en as trop dit ou pas assez. Je peux tout entendre.

– Eh bien! Cela concerne Adrien. Je crois que tu dois être informée. Voilà, il paraît que ton mari a une liaison, enfin, une maîtresse. »

Je me mis à rire, ce qui horrifia ma mère. Je ne la croyais pas. Adrien, une maîtresse, c'était ridicule!

« Ce n'est pas drôle, ma chérie! Je ne te comprends pas. Adrien et toi, vous formez un beau couple, tout le monde vous respecte à Confolens. Je t'avoue que ces bruits m'ont peinée, moi. Que deviendras-tu si c'est vrai, s'il décide de divorcer? S'il décide de partir avec une autre? »

Soudain, je fus attentive. Le mot divorce équivalait au mot liberté. Ce fut un moment étrange, car j'eus la certitude que je n'aimais pas mon mari. Je partageais sa vie, mais je n'avais jamais été jalouse. Seul Jack avait le pouvoir de me faire éprouver ce sentiment.

« Maman, sais-tu autre chose de plus précis? Ne crains rien, je ne vais pas m'écrouler. Adrien est surtout un ami pour moi. Ne me pose pas de questions, mais réponds!

– Ce serait une jeune femme, enfin, plus jeune que toi. Elle habite une ferme, à quelques kilomètres de Saint-Germain. Une drôle de fille, du genre libérée, qui élève des chèvres. Des voisins ont vu plusieurs fois la voiture de ton mari dans sa cour.

– Elle était peut-être très malade! Les gens aiment inventer des histoires. Il n'y a pas de preuves... »

Ma mère me faisait pitié. Elle roulait des yeux affolés tout en jouant avec de la mie de pain restée sur la table.

« Sylvie, on les a vus dehors, assis sur le perron. Ils buvaient un café. Ils se sont embrassés.

– Mais, maman, Adrien ne commettrait pas une telle imprudence! Ce sont des ragots. Je vais lui en parler. De toute façon, je n'ai rien à perdre! »

Je partis un peu nerveuse, laissant ma mère très inquiète. Elle devait imaginer le pire. Pourtant, je n'avais ni pleuré ni crié au scandale. Elle dut, ce soir-là, nous prendre pour un couple déjà désuni, de ceux qui cherchent leur plaisir ailleurs. Se trompait-elle vraiment?...

Je montai dans ma voiture en réfléchissant. Cette révélation était peut-être un signe du destin. Jack était libre, Adrien en aimait une autre. Je pouvais le quitter. Je devais le quitter. J'en avais le droit. Cette liaison durait peut-être depuis plus d'un an. Je me souvenais... quand j'étais avec Jack, l'été dernier, j'avais eu beaucoup de mal à joindre mon mari. Il était souvent absent, même le soir. Il ne s'était pas du tout opposé à mon départ. Il me laissait pourtant seule avec un inconnu...

Je voulus en avoir le cœur net. Je pris la route de Saint-Germain. Je n'avais aucune adresse précise, mais je n'avais pas sommeil et j'aimais rouler dans la nuit chaude de mon pays. De petite route en petite route, de hameau en hameau, le temps passait. Le hasard me guida, hasard ou destin, et, au bout d'un chemin d'une dizaine de mètres, près d'une vieille maison basse, j'aperçus, dans la lumière de mes phares, la voiture d'Adrien. Il n'était pas à Angoulême, l'ami en question n'existait sûrement pas.

Je suis restée une heure garée au bord de la route. Une des fenêtres de la ferme était éclairée, un petit carré orange qui parlait d'intimité, de bonheur volé au quotidien si ennuyeux. J'hésitais encore.

Je pouvais jouer le rôle de l'épouse outragée, les surprendre et exiger des explications... Je n'en avais pas le courage ni l'envie. Brusquement, je me mis à pleurer de solitude, de frustration. Je répétais: Jack, Jack! Je rêvais de ses mains sur mon corps, de sa bouche, de son ardeur à me combler de bonheur, d'un plaisir fou. Qu'est-ce que je faisais là, si loin de lui, si loin de mon seul amour... Qu'importait le reste du monde! J'aurais dû me battre un an auparavant, ne pas m'enfuir, mais au contraire le raisonner et enfin le convaincre de rester avec moi, pour toujours.

Il n'était sans doute pas trop tard. Je fis demi-tour pour rentrer à la maison au plus vite. Là, je me jetai sur le téléphone. Le numéro de Jack était dans mon sac à main; je le composai avec fébrilité. La sonnerie retentit plusieurs fois, mais personne ne décrocha.

Mon mari rentra à ce moment précis. Il eut un sourire moqueur pour me dire:

« Alors, on m'espionne maintenant? J'ai entendu une voiture démarrer et je t'ai reconnue. Ne recommence pas, je suis libre d'aller où je veux. »

Je n'avais pas envie d'une querelle. Je me sentais lasse et désemparée.

« Nous discuterons demain matin, Adrien, je vais dans la chambre d'amis. Je ne t'en veux pas, et je ne t'espionnais pas. Je t'expliquerai, laisse-moi tranquille... »

Sur ces mots, je pus quitter le salon la tête haute. Mon mari n'insista pas. Le fossé entre nous s'était creusé profondément, en sourdine. Ni l'un ni l'autre n'en avaient pris conscience auparavant. Nous vivions en aveugles, chacun dans nos rêves. La routine avait masqué la réalité. Tout au long de cette année, nous nous étions progressivement éloignés l'un de l'autre et voilà que nous n'avions plus grand-chose à nous dire.

Quelques jours plus tard, après une mise au point brève et calme entre nous, je pris le train pour Paris. Puis l'avion pour l'Amérique. J'allais revoir ma chère

Louisiane. J'avais contacté madame Bedford, cette dame qui m'avait acceptée comme jeune fille au pair des années auparavant. Elle avait été très heureuse d'avoir de mes nouvelles et elle avait accepté immédiatement de me recevoir.

Cela faisait partie de mon plan. Je souhaitais faire une surprise à Jack et prendre le temps de réfléchir. Ne pas me jeter dans ses bras dès mon arrivée. Me reposer, me faire belle, lui demander un rendez-vous. Je trouvais mon idée excellente. Je téléphonerais à Jack de La Nouvelle-Orléans et je lui dirais de se rendre dans ce grand restaurant où il m'avait invitée. J'imaginais que peut-être tout recommencerait. La promenade nocturne dans le Vieux-Carré, ce quartier illustre de la ville... Jack comprendrait, il me conduirait jusqu'au parc, sous cet arbre qui nous avait vus enlacés pour la première fois. Je rêvais déjà.

Lorsque je descendis de l'avion, l'air chaud et moite me surprit. J'avais oublié combien les étés de la Louisiane sont étouffants parfois.

Jennifer Bedford m'accueillit à bras ouverts:

« Comme tu es belle, Sylvie! Tu es une vraie femme maintenant... Mon mari va être content de te revoir, et les enfants aussi. Je leur ai téléphoné pour qu'ils viennent à la maison demain. »

Je reprenais possession des paysages, de l'ambiance et je me sentais revivre. Le temps écoulé s'estompait, je redevenais l'adolescente rêveuse qui avait découvert la Louisiane avec une joie timide.

Comme je l'avais prévu, je restai sagement deux jours chez mes hôtes. Leur gaîté était contagieuse. Je n'eus aucun mal à rire, à parler de ma vie confolentaise. Je leur racontai mes retrouvailles avec Jack, sur le vieux pont de ma ville, notre surprise amusée, notre petit voyage à travers la campagne française.

Je passai volontairement outre certains détails trop personnels. Mais Jennifer, ce soir-là, me dévisagea d'un air intrigué. Devina-t-elle pourquoi j'avais franchi l'océan une seconde fois?

Le matin suivant, je me fis belle, du moins fis-je beaucoup d'efforts pour être satisfaite de l'image que me renvoyait le grand miroir de la salle de bains. Une robe blanche, simple et moulante, les cheveux relevés en chignon, des lunettes de soleil et une touche de maquillage. Je mis un collier de coquillages que j'avais acheté la veille. Cela suffirait.

Jennifer m'indiqua où louer une voiture, me confia un plan de la région des bayous. J'avais insisté pour partir seule jouer les touristes. En vérité, je comptais rouler sans faire une seule halte jusqu'à Bâton-Rouge, la ville où habitait Jack.

J'éprouvais, en conduisant un puissant véhicule rouge vif, une grisante sensation de liberté. La France était loin, Adrien et ses secrets aussi.

Je le revoyais me déclarant avec une pointe de méchanceté ou de rancœur qu'il appréciait beaucoup la compagnie de Vanessa. Ainsi se nommait la très jeune femme qui était devenue sa maîtresse. Il m'avait dit, en marchant de long en large :

« Elle est gaie, elle me cajole, elle rit, elle m'écoute. Elle aime faire l'amour avec moi, je le sens. J'avais besoin d'une femme qui s'occupe de moi, qui me voie! Comprends-tu, Sylvie? »

J'avais parfaitement saisi. J'avais à peine souffert, une petite blessure d'orgueil peut-être, en réalisant combien Adrien me jugeait morose et froide. Mais il avait de bonnes raisons pour cela. Bien sûr, il ne reniait pas la profonde tendresse qu'il me vouait, un attachement né de notre vie commune. J'avais été trahie, comme j'avais moi-même trahi en m'offrant à Jack.

La situation m'avait permis de m'envoler vers mon seul et véritable amour. J'étais libre!

En arrivant dans les rues de Bâton-Rouge, mon cœur se serra. Soudain je pris conscience de mon geste. Jack serait-il vraiment heureux de me voir surgir ainsi, sans l'avertir?...

Je bus un café à la terrasse d'un bar. Je reculais sans cesse l'instant de l'appeler. Enfin, j'entrai toute tremblante dans une cabine téléphonique, le numéro sous les yeux, les doigts hésitants. Une sonnerie, deux sonneries, trois sonneries, quatre... un déclic!

Il répondit en américain, d'un ton un peu dur.

«Jack, c'est Sylvie!
– Sylvie? Tu es matinale, dis-moi?
– Pas du tout!»

Il plaisanta, comme pour cacher son émotion:

«Si je calcule le décalage horaire, tu t'es levée avant l'aube ou juste à l'aube pour me parler! C'est un miracle!

– Tu es fou, Jack. Il fait un soleil éblouissant, je viens de boire un café, il est la même heure que chez toi à ma montre... Et j'aimerais bien déjeuner avec toi. Je suis affamée, vois-tu!»

Il y eut un silence. Jack devait se poser une foule de questions, mais pas un instant il ne pensa que j'étais là, en Louisiane. Je dis encore:

«Dans dix minutes, je sonne à ta porte, et j'espère que tu es seul, car je compte te sauter au cou!»

Sur ces mots, je raccrochai. J'avais repéré sans trop de peine sur une carte le quartier et la rue où habitait Jack. Je n'avais plus peur, je voulais le retrouver, uniquement le retrouver, le toucher, le regarder. Effacer la séparation d'un an, apaiser mon corps frustré de bonheur.

Je sortis de l'ascenseur et sonnai à sa porte. Il ouvrit aussitôt et poussa un cri de stupeur :

« Sylvie! Tu es là! Toi... »

Il me tendit les bras et je m'y précipitai. Enfin, j'étais arrivée à bon port, contre lui, mon refuge, mon amour. Il me serrait si fort que je sentais battre son cœur. Durant tout le voyage, j'allais vers ce moment merveilleux, celui où nous serions réunis, liés, enlacés. Jack murmurait des mots fous en me couvrant de baisers légers, sur le front, le nez, la bouche, les joues. Je gardais les yeux fermés pour mieux savourer la joie ineffable de tout mon être. Doucement, il m'emmena, sans relâcher son étreinte, à l'intérieur de son appartement. J'entendis se refermer la porte. Il chuchota :

« Regarde-moi, ma chérie, ma princesse! »

J'obéis. Ce que je lus dans son regard tant aimé me bouleversa. L'aveu de sa passion, de son désir, de sa joie. Il régnait, dans la pièce où nous étions, une tiède pénombre. Les persiennes de bois sombre étaient closes, les fenêtres ouvertes. Un petit vent parfumé me caressait. La chambre aussi était plongée dans une obscurité complice. Jack m'y conduisit en m'embrassant avec ardeur. Il semblait ne pas vouloir s'éloigner de mon corps, comme s'il craignait de me voir disparaître.

Ma robe blanche glissa, mon chignon se dénoua, je fus nue sous ses mains, nue et offerte. Le lit n'était pas loin qui nous reçut, haletants, éperdus, avides. Jamais je n'avais été si libre dans mes élans amoureux, jamais je n'avais été si heureuse. Même un an plus tôt, dans la maison au bout du chemin, si loin, du côté de Ségur-le-Château. Je ne savais plus où j'étais, je volais, je connaissais cette extase dont parlent les amants d'un ton nostalgique. Jack devait vivre le même émerveillement, lui dont la sensualité était à fleur de peau, de cœur; je le sentais trembler, frémir, demander et prendre encore, recevoir et donner, partager...

Deux heures plus tard, nous dévorions des fruits et des beignets, sur le lit défait. J'étais enroulée dans un drap, Jack avait passé un peignoir de coton. Il me servit du thé glacé avant d'allumer une cigarette.

« Tu es la femme la plus étonnante que je connaisse, Sylvie! dit-il en m'adressant un clin d'œil. Quand je t'ai vue, ici, j'ai cru que je perdais la raison!

– Et tu es content? Tu vois, j'ai choisi! C'est toi, Jack, pour l'éternité. »

Il baissa la tête. Puis il me demanda:

« Tu es sincère? Tu as vraiment tout quitté pour moi?

– Oui! Mon pays, un mari infidèle que je n'aimais pas vraiment. Je le savais depuis un an, mais je refusais de l'admettre... Et tu m'avais tellement blessée, déçue. Non, ne dis rien! J'aurais dû rester ce soir-là, à l'auberge, te parler. Nous aurions pris des décisions, nous aurions préparé notre avenir. Ton appel, il y a huit jours, m'a aidée à comprendre. Je ne veux plus te perdre, ni vivre sans toi. Je ne pourrais plus être séparée de toi, Jack, tu es mon amour. Mon seul amour! Tu m'as tellement manqué, jour et nuit.»

Il releva la tête, me fixa longuement. Que pensait-il? Dans le silence qui se prolongeait, je fus prise de panique. Allait-il me répondre ce que je voulais entendre... Ou allais-je encore me trouver face à une nouvelle désillusion...

«Sylvie, ce n'est pas si simple. Tu m'as manqué aussi et j'ai beaucoup souffert. Mais mon divorce n'est pas prononcé. Tu as été si dure, si cruelle quand je t'ai téléphoné. J'ai pensé que jamais tu ne viendrais. J'ai tenté une réconciliation avec ma femme, pour Shirley. Ma fille ne supporte pas l'idée de nous voir séparés, sa mère et moi. Je l'ai ramenée hier chez Sandra. Je leur ai promis de revenir vivre à la maison.»

Cette fois, je sus rester calme. Je n'allais ni fuir, ni crier, ni pleurer. Je n'avais plus qu'un but, conquérir Jack et partager sa vie.

«Jack, je ne t'en veux pas. C'est vrai, lorsque tu m'as appelée, je ne t'avais pas pardonné. Maintenant, c'est différent, je tiens à te le dire. Nous avons le temps, toute la vie. Je respecte tes hésitations et je n'aimerais pas un homme qui ne se soucierait pas du bonheur de son enfant. Il faut la ménager. Pourtant je crois que tu dois dire la vérité à ta femme... enfin, que je suis là, que nous nous aimons. De toute façon, elle le sait déjà!»

Jack parut gêné. Autant par mon attitude raisonnable que par ma détermination. Il se mit à rire tout bas en haussant les épaules:

«Je ne te mérite pas, Sylvie. Je suis un pauvre type, comme vous dites en France! Sandra croit que tu es une amie, pas plus.»

Je dus lutter contre une bouffée de colère:

«Jack, tu as dit que tu t'étais libéré de tes liens vis-à-vis de ta femme, ce sont tes propres mots! Et tu n'as rien dit pour nous deux?

– À quoi bon, Sylvie? Sandra est une personne possessive et violente. Elle a accepté notre séparation, mais pour d'autres raisons. Je ne pouvais pas t'expliquer toute notre histoire par téléphone.»

Je me suis levée, j'avais froid. L'appartement de Jack ne comportait que cinq pièces, un salon, deux chambres, un bureau et une petite cuisine. Le mobilier en rotin, les plantes vertes, les tapis et les murs couleur crème composaient un décor harmonieux, en accord avec cette région du sud des États-Unis. Cela me fit du bien de marcher, de visiter ces lieux où j'allais m'installer... car ma décision était prise. Je resterais en Louisiane le temps nécessaire, mais avec Jack. J'étais soudain prête à bien des concessions, à attendre à ses côtés la date de son divorce, à vivre seule parfois, à rencontrer sa femme, à apprivoiser sa fille. Tout, avec lui. Dormir dans ses bras, me réveiller près de lui... Le charmer, le rassurer. Il me rejoignit, mal à l'aise:

«Sylvie? Tu ne m'en veux pas trop?

– Non, mon amour! Je dépérissais loin de toi. Alors, les problèmes, les obstacles, nous les surmonterons ensemble! Enfin, si vraiment tu veux bien qu'on essaie tous les deux.»

Jack me prit dans ses bras avec délicatesse. Il frotta son front dans mon cou, recommença à m'embrasser.

« Ma Sylvie, ma toute petite, ma chérie, je t'aime, je t'aime. Je suis tellement heureux que tu sois là. Ne me quitte plus, je t'en prie. Donne-moi la force de me battre. Un jour, tu verras, nous serons les plus forts, libres, où tu voudras, en France ou ici... en Louisiane. Aujourd'hui, je veux essayer de t'offrir ce que tu as toujours voulu : un amour indestructible. »

*

Pour la première fois depuis leur rencontre, Margaret Williams se montra impatiente. Elle interrompit Sylvie en lui posant une question :

« Et vous avez réussi, n'est-ce pas ? Vous êtes restés ensemble ? »

Sylvie leva des yeux étonnés, avec l'expression hébétée d'une personne qui s'éveille. Elle regarda longtemps son invitée, puis, enfin, se mit à sourire.

Elle était dans sa maison, à Pompadour, et non en Louisiane. Le poêle ronflait, sa lucarne rougeoyait. L'odeur de la tisane de menthe embaumait la cuisine. De l'autre côté de la table se tenait son amie américaine d'une si grande gentillesse, car maintenant elle la considérait comme une vraie amie.

« Margaret, êtes-vous mon amie ? Interrogea-t-elle.

– Bien sûr, si vous le désirez, je suis votre amie ! Chaque matin, je suis toute gaie à l'idée de venir vous voir, Sylvie. Vous êtes une femme charmante et si attendrissante !

– J'aime quand vous dites mon prénom ainsi, avec ce petit accent. Jack aussi avait une façon de le prononcer qui me faisait chaud au cœur. Nous avons été tellement heureux!

– Et maintenant, connaissez-vous le même bonheur? avança prudemment Margaret.

– Ce n'est plus pareil! Jack s'absente trop souvent. Si je savais où le joindre! Il me laisse seule des jours entiers, des semaines. Le parc est à l'abandon. Je lui fais des reproches quand il vient, ça l'agace sans doute. Pourtant il adorait ce parc immense, typiquement français, disait-il. »

Margaret devina une larme sur la joue pâle de son hôtesse. Une sensation de détresse l'envahit, qui lui donna envie de partir sans attendre. Était-ce l'heure tardive, les ombres se nichant dans certains recoins de la cuisine? Ou l'expression tragique de Sylvie, les mains jointes sur ses genoux, la tête penchée de côté?

« Je vais vous laisser dormir, Sylvie! Vous me semblez fatiguée. Je vous fais parler et vous n'avez presque rien mangé.

– Je n'ai pas faim. Je n'ai jamais faim. Mais je suis épuisée, vous avez raison. Pourtant j'aurais aimé vous dire tout ce bonheur, en Louisiane, et ce qui est arrivé ensuite. Si nous buvions une autre tasse de tisane? »

Margaret était une femme curieuse et pleine de compassion. Elle se raisonna. Une aussi grande maison, le soir, est toujours trop silencieuse. Sylvie avait besoin d'elle, de sa présence.

« Je veux bien prendre encore de la tisane... ensuite je m'en irai vite. »

Sylvie se ranima. Ses joues se colorèrent un peu. Elle caressa du regard leurs deux ravissantes tasses de porcelaine.

«Jack me les a offertes lorsque nous habitions à Bâton-Rouge. Elles sont très anciennes. J'y tiens beaucoup. J'aurais préféré ne pas rentrer en France. J'aimais la Louisiane.

– Pourquoi êtes-vous revenus, dans ce cas?

– Appelons cela le destin! Les caprices de la vie!»

7
Les caprices de la vie

Nous avons souvent pensé, Jack et moi, que notre amour dérangeait les autres. Peu de gens, en effet, comprirent que c'était une relation intense, fondée sur des sentiments spontanés, passionnels. Lorsque je l'ai rejoint à Bâton-Rouge, que savais-je de lui? Presque rien, en fait. Entre nous, il y avait des souvenirs, ceux de La Nouvelle-Orléans, vieux de plus de dix ans, et une semaine passée ensemble, à évoquer l'histoire du Limousin et à parcourir ses sentiers.

Bien sûr, nous avions vécu ces heures de plaisir inouï, à Ségur, mais nos relations étaient restées celles de deux personnes se connaissant assez mal. J'appris donc à vivre avec lui au quotidien.

Ce fut une découverte fascinante. Jack était serviable, amusant, gentil et tendre. Il aimait cuisiner, s'occuper des plantes vertes. Son travail ne lui prenait pas trop de temps. Il m'invitait parfois au dernier moment à dîner dans un petit restaurant. Pendant les premiers mois, je me crus au paradis.

Jack avait tenu parole. Il avait expliqué la situation à sa femme. Aussitôt, elle refusa de nous confier Shirley. Cela me peina, car j'espérais faire la connaissance de la fille de mon bien-aimé. En même temps, je comprenais sa réticence. Je crois que j'aurais eu la même réaction. J'avais tant désiré, en vain, la venue d'un enfant. Je ne voulais pas supplanter sa mère, mais conquérir le cœur de cette petite était mon souhait le plus cher.

Jack souffrait de son absence. Il allait lui rendre visite chez Sandra et revenait découragé. Je le consolais de mon mieux. Nous étions si amoureux que son chagrin s'estompait vite.

« Un jour, cela s'arrangera ! » disait-il.

Je téléphonais tous les dimanches à mes parents. Ma mère acceptait très difficilement mon départ. Adrien m'écrivait de brèves missives de convenance. Il filait le parfait amour, lui aussi, avec Vanessa, et une procédure de divorce à l'amiable était engagée.

Mon cousin Emmanuel m'écrivit et m'appela plusieurs fois. Il supportait mal de me savoir au bout du monde. À son avis, j'avais fait une folie en partant si loin. Il me manquait beaucoup aussi. On n'efface pas si facilement des années d'enfance et d'adolescence... et une soirée de complicité presque amoureuse à Collonges-la-Rouge.

Jack savait combien j'étais attachée à mon cousin et s'en montrait parfois un peu jaloux :

« Mon plus sérieux concurrent », plaisantait-il parfois.

J'avais des raisons de sourire discrètement quand il parlait ainsi. Pourtant, je sais que Jack ne doutait pas de l'amour passionné que je lui portais.

Un an passa ainsi. Un an de bonheur absolu entre nous, de délire sensuel. Je n'étais plus la même femme. Mes doutes, mes angoisses, ma timidité s'étaient dispersés au vent du sud. J'aimais faire les courses toute seule, vêtue d'un pantalon léger et d'un boléro. J'étais bronzée, détendue, toujours gaie. J'aimais et j'étais aimée. Mon corps s'épanouissait sous les caresses de Jack. Un jour, je m'inscrivis à un cours de danse, un de mes anciens rêves. Je connaissais une vie idéale, près de celui qui m'était destiné.

Nous avions de longs bavardages après nos repas en tête-à-tête. D'autres discussions coquines et douces lorsque l'amour nous laissait las et heureux, au creux de notre lit. Jack se révélait un homme adorable, intelligent, doté d'un humour sans méchanceté et d'une réelle charité.

J'avais trouvé un emploi d'infirmière à mi-temps dans un hôpital pour enfants à Bâton-Rouge. Je n'étais pas vraiment poussée par le besoin. Le salaire de Jack aurait pu nous suffire, mais je désirais avoir une certaine indépendance financière. Je voulais également qu'il puisse continuer à gâter Shirley et verser à Sandra une pension alimentaire correcte.

Ce travail m'apporta beaucoup. Il fut une formidable compensation à ma stérilité. Apporter du réconfort à tous ces petits malades était très important pour moi. Une raison de plus d'être comblée par ma nouvelle existence... J'avais tant d'amour à donner aux enfants...

Hélas, les choses ne tardèrent pas à changer. Tout commença par une visite, un matin où je ne travaillais pas. À cette époque, Jack s'occupait d'affaires commerciales. Il était parti rencontrer un de ses clients. J'étais donc seule. J'entendis une sonnerie dans l'interphone, puis une voix de femme qui s'exprimait en français, de manière impeccable. Je compris tout de suite: il s'agissait de Sandra.

Elle entra et me dévisagea aimablement:

« Bonjour, vous êtes bien Sylvie?
– Oui, et vous, je pense que vous êtes Sandra.
– Oui, c'est ça, je suis Sandra! »

Elle s'installa dans le canapé et regarda l'appartement d'un air amusé. D'un ton gentil qui me surprit, elle commença à parler.

« Ne prenez pas mal ma démarche. J'ai beaucoup hésité avant de venir, mais je dois vous mettre en garde! Jack se moque de vous. Je ne l'aime plus, il n'a donc plus le pouvoir de me faire souffrir... Shirley, par contre, est très malheureuse. Chaque fois que son père vient la voir, il lui promet de revenir bientôt, de vous quitter. Il me dit la même chose. Ne croyez pas que j'invente tout ceci afin de vous séparer de lui. À moi aussi, Jack affirme que ce n'est qu'une amourette entre vous, qu'il va reprendre sa place à la maison. Bien sûr, Shirley vous déteste, elle le supplie de vous renvoyer en France. Il lui répond que c'est bientôt fini, que vous n'êtes pas bien ensemble. Je suis venue pour vous prévenir. Si vous avez un peu d'amour-propre, repartez avant qu'il vous rejette ou qu'il vous trompe! C'est un séducteur. Chez lui, c'est une vraie maladie. J'en ai eu très vite assez de ses infidélités mais, pour notre fille, je suis restée son amie, sa complice. D'ailleurs, si je l'écoutais, nous aurions encore des relations... »

En entendant ces propos dits d'un ton de confidence, je luttais contre un malaise effrayant. Je me sentais glacée. Sandra était une jolie femme rousse, plus petite et plus ronde que moi. Ses yeux clairs semblaient francs et me regardaient sans haine, avec même un brin de compassion. J'étais tentée de la croire, mais un reste de méfiance m'aida à lui tenir tête. Je répondis, en maîtrisant les tremblements de ma voix:

« Nous allons demander à Jack si vous dites la

vérité. Voulez-vous un jus de fruits? Il ne devrait pas tarder. »

Déconcertée par mon calme apparent, Sandra se leva.

«Je ne veux pas le voir! Il en profiterait pour me traiter de menteuse! Interrogez-le! Sylvie, faites-moi confiance, je suis une femme et je suis de votre côté. Jack est un homme égoïste et lâche. Il ménage comme il peut une maîtresse aimante, une femme accommodante et sa fille. Partez vite, sinon vous serez terriblement malheureuse. Comme Shirley, comme je l'ai été. Si vous restez, dans un mois ou deux, il fera en sorte de vous décevoir afin de se libérer et de revenir vivre chez nous. »

Cette fois, je perdis patience. La colère me rendait folle:

« Vous mentez! Jack m'aime vraiment. Vous avez monté ce plan pour le reprendre. Il m'a toujours dit que vous étiez jalouse, capable des pires bassesses. La preuve, vous ne voulez pas nous confier Shirley, de peur qu'elle ne s'attache à moi. Sortez d'ici, madame, je ne veux plus rien entendre de vos mensonges! »

Sandra eut un petit sourire triste. Elle prit son sac en haussant les épaules:

« Tant pis pour vous! Je regrette de m'être dérangée. Ai-je l'air d'une femme jalouse? Jack m'a fait tant de mal que je le méprise. Mais je suis prête à tous les sacrifices pour le bonheur de Shirley! Et ce n'est pas moi qui l'empêche de venir ici! Simplement, elle ne veut pas vous connaître. Elle vous déteste. »

Sandra s'en alla, me laissant effondrée. Je me retrouvais encore tiraillée entre mon amour et les doutes soulevés par cette femme. Je me rendis compte qu'au fil de notre histoire, passionnée mais incertaine, plusieurs essais avaient été esquissés sans avoir jamais vraiment abouti. Et dès que survenait un obstacle, une grande incertitude m'envahissait.

Involontairement, Sandra avait su toucher mon point faible, puisqu'elle avait réussi à semer en moi les soupçons qu'engendrent toutes les situations bancales telles que celle de Jack vis-à-vis de son ancien foyer. S'il était arrivé aussitôt, cela m'aurait sûrement évité un long et douloureux après-midi de désespoir et d'angoisse. Il aurait su dissiper rapidement mon malaise. Mais plus le temps passait, plus je me persuadais qu'il avait tous les torts. Et, cédant à une fureur mêlée de honte, je pris la décision de partir n'importe où, au hasard. Je ne lui laissai même pas un mot d'explication.

Ce jour-là, je suis montée dans le premier bus, les yeux rouges de larmes, le cœur brisé. Je me moquais bien du paysage, de la destination du véhicule. Je fuyais encore, en me répétant les paroles de Sandra. Elle semblait si sûre d'elle, si gentille aussi. Sa voix avait un ton sincère et caressant. Et puis Jack m'avait déjà trahie, une fois, à Ségur...

Le bus s'arrêta enfin. Des nuages voilaient le bleu du ciel. Je fus obligée de descendre, c'était le terminus. Des panneaux indiquaient que l'on pouvait visiter, non loin de là, une plantation et d'anciennes cases d'esclaves.

Je n'en avais aucune envie. J'avais lu récemment un ouvrage sur la dure existence des esclaves noirs au temps du coton et, en y songeant, je fus saisie de dégoût pour ce pays. Je pris cependant une chambre dans un petit motel tout proche. Une fois seule, je pus pleurer à mon aise. Que penser?... Que faire?... Qui croire?...

Mon paradis s'écroulait au fil de mes idées, de plus en plus sombres. Jack m'apparaissait comme un monstre, sa femme et sa fille, comme des victimes. Je m'endormis, le visage tuméfié par les larmes. La sonnerie du téléphone me réveilla. Il faisait nuit. J'entendis avec stupeur la voix de Jack. Je n'eus pas le temps de me demander comment il avait pu me retrouver.

«Ne bouge pas, attends-moi!» me cria-t-il et il raccrocha.

J'étais trop lasse, trop malheureuse pour fuir encore plus loin.

Jack entra dans la chambre quelques heures plus tard. Je ne dormais pas. Il était livide, les traits tirés par une sorte de peur immense.

«Sylvie! Ma petite Sylvie chérie! murmura-t-il. Qu'est-ce que Sandra a pu te raconter pour te faire fuir ainsi? Tu n'as donc aucune confiance en moi? Que dois-je faire pour te prouver mon amour?»

Je ne répondis pas. La lumière rose d'un néon traversait les persiennes et donnait à la pièce une atmosphère étrange, celle d'un vieux film mélodramatique. La présence de Jack me parut irréelle. Il avança, les bras tendus:

«Sylvie! J'ai cru devenir fou de chagrin quand j'ai vu l'appartement vide... J'ai cherché ton sac de voyage, tes affaires de toilette, plus rien! Pas un mot.»

Je réussis à lui demander, le souffle court:

« Comment as-tu su que j'étais ici? »

Il eut un rire triste qui me fit mal :

« J'ai téléphoné dans tous les motels et hôtels de la région. Cela m'a pris des heures! Je savais que tu n'avais pas pris l'avion grâce à un de nos voisins qui t'a vue monter dans le bus. Il avait vu Sandra entrer dans l'appartement. J'ai cru comprendre... Mais je te sentais en Louisiane, je te sentais encore proche... Une sorte d'intuition intense. Sandra t'a blessée, n'est-ce pas, elle t'a persuadée que je ne t'aimais pas? Elle en est tout à fait capable. »

Je bredouillai, prête à sangloter :

« Oui! J'ai tenu bon, pourtant! Je voulais t'attendre pour en discuter, mais tu ne revenais pas. Alors, j'ai craqué, j'ai perdu la tête. J'ai eu mal, tellement mal! »

Jack osa s'agenouiller au bord du lit. D'une main douce, il caressa mes cheveux.

« Darling, je vais divorcer le plus rapidement possible et nous nous marierons. Si tu veux toujours de moi... Je ne peux plus vivre sans toi, ma chérie. Tu m'as rendu merveilleusement heureux. Plus rien ne doit nous séparer! Tu comprends? Plus rien. »

Il s'allongea près de moi et m'attira contre lui. J'étais faible! Apaisée par ses paroles, je ne me débattis pas. J'avais tellement besoin de son corps, de sa voix, de son âme accordée à la mienne par de mystérieux liens. Je me mis à dire tout bas :

« Jure-moi que Sandra a menti, que tu ne vas pas me trahir, retourner avec elle! Jure-moi que tu m'aimes et je te croirai... »

Jack jura, promit, s'engagea à ne jamais me quitter. Tout en prononçant d'un ton grave des serments qui me rassuraient, il cherchait son chemin en aveugle, soulevant mon corsage, ma jupe. Ses doigts chauds erraient sur mes cuisses, sur mes seins, sa bouche se posait sur mes joues, dans mon cou. Il hésitait à prendre mes lèvres, soucieux de m'offrir encore les plus beaux mots d'amour. Peu à peu, bercée, grisée par le calme retrouvé, je fus moins rétive, moins tendue. Il était là, rien n'avait plus d'importance. Il était là, avec moi.

Le lendemain matin, nous sommes rentrés à Bâton-Rouge. Cette nuit-là, je ne l'ai jamais oubliée. Elle m'a aidée à ne pas perdre espoir, parfois. Les aveux et les promesses échangés, le délire sensuel qui nous a jetés l'un contre l'autre durant des heures, pour dépasser le seuil ultime des étreintes déjà vécues ensemble, tout cela nous avait unis mieux qu'une cérémonie nuptiale.

Deux jours plus tard, il m'emmena chez Sandra qui habitait une petite ville voisine. J'avais tout raconté à Jack qui avait réagi par une violente colère :

« Nous devons y aller, Sylvie! Je veux la démasquer. Nous irons manger une glace avec Shirley, qu'elle le veuille ou non. Leurs simagrées ont assez duré! Je suis prêt à me battre pour nous deux. Je n'ai jamais promis à ma fille de revenir vivre à la maison. Je n'ai jamais dit que je n'étais pas bien avec toi. J'ai peut-être été lâche par le passé, mais c'est terminé! »

La rencontre fut très pénible. Sandra se montra ironique et méprisante, et la petite Shirley – réplique miniature de sa mère – fit preuve d'un caractère épouvantable. Elle enchaîna caprice sur caprice, pleura, me tira la langue, s'enferma dans sa chambre, si bien que Sandra menaça d'appeler la police, sous prétexte que nous perturbions son enfant.

Jack serrait les poings, pâle et nerveux. Au moment où je pensais qu'il allait perdre son sang-froid, la situation évolua en notre faveur, et Sandra confessa ses mensonges.

« D'accord, vous avez gagné. J'ai tenté de vous séparer de Jack, et j'ai échoué! Mais je vous hais, Sylvie! me cria-t-elle au visage. Vous m'avez volé mon mari! Vous avez privé ma fille de son père. Vous êtes la responsable de tous nos problèmes. »

Mes derniers soupçons s'envolèrent alors. Jack ne m'avait pas trahie ni reniée. Il me restait à raisonner Sandra au sujet de Shirley. Je devais la persuader que la fillette pouvait continuer à séjourner chez son père, malgré tout. Je sentais que l'attitude de cette petite n'était pas naturelle. Sa mère avait sans doute beaucoup influencé son jugement à propos de son père et de moi-même. Pour son propre équilibre, Shirley devait garder son libre arbitre et profiter équitablement de ses deux parents.

Sandra venait de craquer et de se dévoiler. Elle se rendit vite compte que sa cause était perdue et que tous ses espoirs de récupérer Jack étaient anéantis. Après une longue discussion, elle sembla enfin comprendre que Shirley avait besoin de son père.

L'échec de leur couple était une affaire d'adultes et il fallait ménager cette enfant pour ne pas en faire une victime. Sandra monta rejoindre Shirley dans sa chambre, nous laissant épuisés par cet entretien orageux. Elles revinrent, un quart d'heure plus tard, l'une calmée et l'autre sur ses gardes.

Je ne sais pas ce que Sandra avait dit à sa fille, mais elle avait su trouver les mots pour la raisonner, car la petite consentit à m'embrasser au moment du départ, et elle se jeta au cou de son papa en lui glissant un doux: «Daddy, I love you!»

Un peu plus tard, nous reprenions la route avec la certitude d'avoir remporté une première bataille. Par la suite, Shirley nous fut confiée tous les week-ends. Nous apprîmes petit à petit à nous connaître et à accepter cette situation nouvelle pour nous trois.

Dix-huit mois s'écoulèrent ainsi. La fillette m'appréciait et à mon contact elle commença à parler français, ce qui amusait beaucoup Jack.

J'avais assez peu de nouvelles de France, mes parents me gardant encore rancune de ma nouvelle vie. Seul mon cousin me téléphonait souvent. Emmanuel avait quitté Aixe-sur-Vienne pour s'installer définitivement à Ségur. Il avait ouvert un nouveau cabinet médical et avait enfin compris l'attachement profond de Jack à mon égard. Me savoir heureuse le rassurait.

Adrien m'appelait aussi de temps en temps. Notre divorce n'était pas encore prononcé, car ma présence était nécessaire à Confolens pour que tout soit réglé et je n'avais aucune envie de m'y rendre.

Jack avait promis de m'accompagner mais, plus la date fixée approchait, plus je le devinais ennuyé à l'idée de ce départ. Il travaillait davantage, afin de faire des économies, et la moindre absence serait, d'après lui, nuisible à ses affaires. La vie se chargea de nous bousculer.

Un soir, le téléphone sonna. J'eus la surprise d'entendre la voix de ma mère. Tout de suite, je compris qu'il se passait quelque chose de grave:

« Sylvie, tu dois rentrer immédiatement, par le prochain vol. Adrien est hospitalisé à Limoges. Il a eu un très grave accident de voiture... Les médecins sont pessimistes! Ta présence est indispensable! »

Me voyant bouleversée, Jack me prit dans ses bras. Shirley était là. Elle quitta le salon en boudant, car elle n'appréciait toujours pas nos démonstrations de tendresse. Je ne pouvais pas retenir mes larmes :

« C'est Adrien! Un accident! Je dois partir, Jack, maintenant. Oh! comme tu vas me manquer! »

Je savais qu'il lui était impossible de se libérer sur l'heure. Pour ma part, j'avais appelé rapidement l'hôpital où je travaillais et j'avais obtenu sans peine une autorisation d'absence d'un mois, puisque je n'avais jamais pris de vacances. Je fis ma valise le cœur battant. Jack m'avait réservé une place dans le premier avion pour Paris.

Jack et Shirley m'accompagnèrent tous les deux à l'aéroport. Je les revois encore, lui et sa fille, me regardant d'un même air triste et inquiet. Ils se tenaient par la main et j'avais l'impression étrange que je ne les reverrais jamais.

Jack m'avait embrassée passionnément en me serrant très fort contre lui :

« Courage, ma princesse! Et reviens vite, je ne peux plus vivre sans toi. »

Ce doux aveu me réconforta. Le déchirement que j'éprouvais me torturait, pourtant je ne pouvais pas reculer. Adrien était encore mon mari, mon ami. Ce voyage fut affreux, j'en garde encore une impression de cauchemar. Quitter mon amour, le laisser en Louisiane, si proche de Sandra et de ses pièges... Ne plus dormir près de son corps, ne plus le voir à mes côtés le matin, à l'heure du café. Déjà ses baisers, ses étreintes me manquaient.

Mes parents m'attendaient en gare de Limoges. Complètement épuisée, je descendis du train. J'eus droit à un baiser timide de la part de mon père, à une bise rapide et brusque de ma mère. Nous allâmes directement à l'hôpital.

Adrien dormait. Je le reconnus à peine, car son visage était couvert d'hématomes. On l'avait placé sous perfusion. Le médecin demanda à me parler.

« Madame, votre mari est dans le coma. Il faut lui parler, lui prendre la main, le ramener parmi nous. Il souffre de quelques fractures, une à la jambe, une au bras, mais le plus dangereux reste un important traumatisme crânien. »

Je dévisageai cet homme inconnu comme si je m'éveillais d'un mauvais rêve :

« Docteur, je ne sais pas si mes parents ou ceux de mon mari vous ont dit la vérité, mais je ne vis plus avec Adrien depuis un an et demi. Il a une compagne qui serait plus apte que moi à remplir ce rôle. »

Il eut un sourire gêné.

« Si vous parlez de mademoiselle Vanessa Desmilles, je dois vous apprendre que... »

Je ne pus retenir un cri horrifié :

« Elle n'est pas morte?

– Non! Mais cette jeune femme se trouve également dans mon service, le bassin brisé dans l'accident. Elle attendait un enfant. Nous l'avons placée sous sédatifs. J'ajouterai que votre mari, le soir de l'accident, roulait à plus de cent quarante. Quelle inconscience! »

Je n'avais rien à répondre. Maman, qui faisait les cent pas dans le couloir, m'attira contre elle et éclata en sanglots:

«Je suis bien contente de te revoir, ma petite. Tu as changé, tu es plus jolie, enfin, bref, comme a dit ton père, tu as rajeuni.

– C'est le bonheur, vois-tu, maman! Je sais que vous n'aimez pas Jack, mais lui au moins a su me comprendre, me donner ce dont j'avais besoin... »

Je ne pus finir ma phrase. J'étais si loin de Jack! Un silence s'installa entre nous.

La voix de ma mère me tira de ma songerie mélancolique:

«Ma pauvre Sylvie! Tu es épuisée. Viens, nous allons dîner toutes les deux en ville. Ton père reste ici, les parents d'Adrien vont arriver. Ils dorment dans un hôtel tout proche depuis le jour de l'accident.»

Les parents d'Adrien, mes parents... Adrien, sa compagne Vanessa, qui était enceinte. Hormis Vanessa, ils demeuraient quand même de ma famille, les personnes qui m'avaient élevée. Il s'agissait aussi de mon mari, de l'homme que j'avais épousé devant Dieu. Je compris ce soir-là que Jack avait effacé tous ces visages familiers ou aimés. Là-bas, en Louisiane, j'avais volé de mes propres ailes, libérée du carcan des habitudes, des conventions. Ce retour imprévu me fit soudain l'effet d'une catastrophe, d'une malédiction voulant me séparer de mon amour.

Ma mère m'emmena d'autorité dans un petit restaurant chaleureux. Je commandai un cognac, alors que j'avais horreur de ça, mais j'avais besoin de quelque chose de fort pour me calmer et oublier ce piège dans lequel je croyais me débattre.

« Sylvie, tu es folle. Boire un alcool aussi fort le ventre vide! protesta maman effarée. Alors, que penses-tu de l'état d'Adrien?

– Je suis navrée pour lui, enfin pour eux! C'est horrible ce qui leur est arrivé. Son amie Vanessa est grièvement blessée, alors qu'elle attendait un enfant. Ils devaient être tellement heureux! »

Ma mère ouvrit la bouche, écarquilla les yeux. Elle ne savait pas. J'aurais peut-être dû me taire, car elle se lança aussitôt dans un discours qui me désola. J'avais également oublié les traditions, la morale des familles honorables du pays...

« Ton père et moi, et, crois-moi, les parents d'Adrien sont de notre avis, nous sommes consternés par tout ceci. Toi, ma fille, que j'ai élevée avec tant de soin, tu quittes ton foyer pour un Américain, même pas du genre grand séducteur, et ton mari se met en ménage aussitôt avec cette Vanessa. Si tu voyais comment elle s'habille!

– Maman, je t'en prie. Peu importe! Adrien est dans le coma, Vanessa est grièvement blessée. J'ai pitié d'eux. Ce que je ne comprends pas, c'est ce que je fais ici, en France. Ma présence est inutile, puisque les parents d'Adrien pouvaient s'occuper des formalités administratives! »

Cette fois, ma mère froissa nerveusement sa serviette de table. Elle me regarda comme si j'étais devenue une étrangère ou un monstre.

« Sylvie, es-tu folle? Tu n'as vraiment plus aucun sentiment pour ton mari? Il peut mourir et tu es encore sa femme. Si ce malheur arrivait, c'est à toi d'être là, de prendre les choses en main. La maison, le cabinet médical, enfin, tout... »

Incapable de protester, vaguement écœurée, je ne pus rien avaler. Maman haussa les épaules et me conduisit très vite à l'hôtel où mon père et elle avaient réservé deux chambres. Ce même hôtel hébergeait les parents d'Adrien. À l'idée des jours à venir, j'avais envie de m'enfuir.

Heureusement, une fois seule, après une douche brûlante, je pus joindre Jack. Sans souci des frais, je lui parlai longtemps, puisant dans sa voix, dans ses paroles câlines et apaisantes, la force nécessaire pour affronter une série de sinistres lendemains.

*

Huit jours plus tard, Adrien sortit du coma. J'avais passé des heures à son chevet, à lui parler, à caresser ses mains ou son bras. Lorsqu'il me reconnut, son air heureux me bouleversa. Il souffla ces mots presque inaudibles :

« Sylvie... tu es là? »

Ce matin-là, sa mère se trouvait également dans la chambre. Elle sonna aussitôt et deux infirmières entrèrent, vite suivies du médecin. Adrien était sauvé, il allait désormais s'acheminer tout doucement vers la guérison. Quant à Vanessa, son état se montrait inquiétant. Les nombreuses fractures du bassin dont elle souffrait exigeaient une immobilité totale. Je lui avais rendu visite et, chose curieuse, nous avions sympathisé. Cela déconcertait mes parents et ceux de mon mari.

Je me souviens parfaitement de cette époque dramatique. Je vivais dans un état de rêve éveillé, supportant chaque heure du jour animée d'un seul désir : me retrouver dans ma chambre d'hôtel et téléphoner à Jack. Pourtant, il était parfois pressé, comme agacé. Sa voix trahissait si bien la moindre de ses émotions que je raccrochais souvent en larmes. Un soir, il me déclara, assez durement :

« En somme, on n'a plus besoin de toi en France! Pourquoi ne reviens-tu pas? Je ne supporte plus d'être seul. Que fais-tu avec Adrien? »

Cette insinuation me fit mal. Comment Jack pouvait-il penser de telles choses?

« Jack! Je t'aime et je n'aimerai jamais que toi, pour toujours. Mais si tu savais... Mes parents sont heureux de me revoir, ceux d'Adrien sont assez âgés et ma présence les réconforte. Il y a aussi Vanessa. Cette jeune femme me fait de la peine! Les médecins croient qu'elle ne pourra plus avoir d'enfant. Je la console de mon mieux. »

De l'autre côté de l'océan, Jack poussa un soupir moqueur :

« Tu es trop bonne, Sylvie. Laisse-les donc et reviens vite. J'ai besoin de toi. »

Les séparations ne nous réussissaient pas. Je me mis en colère et je traitai Jack d'égoïste.

« Oui, je répète, tu n'es qu'un égoïste! Tu crois que je m'amuse ici! Je dois encore mettre à jour tous les papiers d'Adrien, je ne peux pas me jeter dans le premier train, dans le premier avion. Si je te manque tant, tu n'as qu'à me rejoindre! Moi, je reste ici encore un mois! À plus tard... »

Sur ces mots, je raccrochai. Jack ne rappela pas et j'eus le courage de bouder plus d'une semaine. Adrien allait beaucoup mieux. Nous parlions longtemps et il me répéta plusieurs fois qu'il appréciait à sa juste valeur ma venue en France. Il se montrait gentil, parfois tendre, du bout des doigts. Son attitude me gênait. Il s'expliqua d'un ton plein d'amertume:

« Dans certains cas, Sylvie, ce sont les liens solides qui apportent du réconfort. Tu as été mon épouse pendant des années, tu me rassures par ta seule présence. Tout est si confus dans ma tête... Lorsque tu es partie en Louisiane, je me suis senti libéré, mais, peu à peu, tu m'as manqué. Ton amitié, tes sourires. Bien sûr, je suis heureux avec Vanessa, surtout sur le plan physique. Elle était si gaie! »

Je n'osais pas répondre. Le médecin avait appris lui-même à Adrien ce qui était arrivé à Vanessa. Je pensais qu'il serait choqué et très déçu par la perte de leur futur bébé, mais cette nouvelle ne parut pas l'accabler. Je ne comprenais plus rien. J'errais au sein d'un lent cauchemar, entre les larmes de Vanessa, si jolie pourtant avec ses cheveux noirs et ses yeux gris, et les regards étranges d'Adrien... Sans compter les lamentations de toute la famille.

Bientôt, les deux blessés furent transférés près de Confolens. Je repris possession de ma maison. Adrien y avait rarement séjourné, cela se sentait. Le jardin était à l'abandon, certaines pièces n'avaient pas été aérées. Je me lançai dans un grand ménage, ce qui m'aida à tenir bon. Je n'avais toujours pas rappelé Jack et il ne téléphonait pas. J'en souffrais, mais je m'étais promis de ne pas faire le premier pas.

L'air de mon pays natal devait rendre mon caractère parfois épineux. Ma mère commençait à espérer une réconciliation entre Adrien et moi. Elle se trompait. Prise d'une fièvre d'activité, je mis tout en ordre, puis je partis me promener tous les matins en voiture afin de retrouver mes paysages, ma campagne...

Nous étions en automne, les forêts dorées sentaient bon l'humus et les champignons. Je ramassais des châtaignes, des cèpes. J'avais rendossé ma tenue de fille du Confolentais: des bottes, un ciré noir, une queue de cheval et un gros pull à col roulé.

Ces escapades me distrayaient, tout en m'aidant à prendre patience, car j'avais une immense confiance en l'amour de Jack. Je me disais qu'il boudait par jalousie, par caprice, fidèle à sa nature d'amant passionné. Et puisque je repartirais sans doute bientôt, je décidai d'aller revoir cette belle Corrèze où nous nous étions aimés. Je pourrais aussi passer à Pompadour et rendre visite à Emmanuel.

Ce fut pendant une de ces promenades que je revis cette maison où nous sommes aujourd'hui. Elle semblait m'attendre, avec ses volets clos, son parc envahi de rosiers. Il y avait alors des roses par centaines, de grosses roses d'un rouge profond! L'automne doux et pluvieux favorisait cette ultime floraison. Sur la grille, un panneau indiquait que la propriété était à vendre.

Je suis entrée par la petite porte du potager et j'ai marché parmi les herbes folles, un peu jaunies par l'été. J'ai contourné les bâtiments pour venir observer la façade flanquée de sa tourelle. J'ai revu l'étang, le parc aux hautes frondaisons.

Je me souviendrai toujours du sentiment d'harmonie qui m'a transportée en contemplant ces lieux que je n'avais pas vraiment oubliés. Il s'y ajoutait la certitude singulière qu'un jour je vivrais dans cette maison.

Le lendemain, après avoir contacté le propriétaire – un charmant vieux monsieur qui y avait élevé des chevaux –, je pus la visiter. Tout me séduisit. J'imaginais ce que penserait Jack d'un lieu aussi fascinant. J'avais cru que le prix serait bien au-delà de mes possibilités mais, à ma grande surprise, il s'avéra raisonnable, car cette demeure avait été longtemps fermée et elle avait besoin de nombreuses réparations.

Je pris ma décision aussitôt. Ce domaine serait à moi! Mes parents approuvèrent d'un air intrigué. Cela ne les dérangeait pas, puisque je pouvais disposer de l'argent que m'avaient légué mes grands-parents maternels. Ils se réjouirent même, pensant que je reviendrais souvent pour surveiller les travaux. Leur raisonnement se tenait, cette maison serait un trait d'union entre moi et la France...

À mon retour à Confolens, Adrien m'écouta vanter la beauté de ma future demeure en haussant les sourcils:

«Et tu vas y vivre seule? Tu as enfin quitté Jack?

— Bien sûr que non! répondis-je en riant. Ce sera notre résidence française!»

Il me lança un regard surpris et se tourna vers la fenêtre. Vanessa partageait sa chambre, dans une maison de convalescence proche de Confolens. Elle eut un petit sourire triste. Je fis tout pour les égayer, mais je sentais un malaise entre eux. La vérité était simple, je l'avais vite devinée: Vanessa en voulait à Adrien. Juste avant l'accident, ils se querellaient. Elle l'avait supplié de ralentir, il avait accéléré. Elle le jugeait responsable de la perte du bébé.

Le lendemain, je ne leur rendis pas visite. J'en avais assez d'être le témoin de leurs problèmes. Une nervosité insolite me prit à peine levée. Je sortis dans le jardin après avoir ouvert les fenêtres du cabinet médical. Un soleil encore pâle jouait entre les feuilles d'or des peupliers. Vêtue sans aucun souci de coquetterie d'un pantalon en jean et d'un pull rose, je fis le tour de la maison pour sortir la voiture. Mes parents m'avaient prêté, le temps de mon séjour, un petit véhicule beige qui ne craignait pas les chemins parfois peu carrossables que j'empruntais.

J'entendis soudain le bruit d'un moteur. Je vis un taxi se garer devant le portail. Un homme en descendit, régla la course et se tourna vers moi. Je me mis à courir en criant, prête à pleurer de joie:

«Jack! Jack! Enfin te voilà. Mon Jack...»

Il s'avança dans l'allée, un sac de voyage à la main. Il le laissa tomber sur le sable et courut, lui aussi, les bras ouverts.

Je ne peux évoquer cet instant si précieux sans trembler encore d'un bonheur fou. Il était venu, il m'avait rejointe. Serrée contre lui, respirant avec délices son parfum, je dus fermer les yeux pour savourer l'extase qui transportait tout mon être. C'était la réponse tant attendue, tant espérée. Il m'aimait vraiment. Il n'avait pas supporté mon absence. J'étais récompensée de ma longue attente.

Ses lèvres chuchotaient dans mon cou:

«Sylvie, ma Sylvie! Mon amour, ma princesse. Comme tu es douce, comme tu es belle! Tu m'as tellement manqué...»

Enfin il m'embrassa, affamé de ma bouche, de ma propre faim. Je n'eus aucun scrupule à l'entraîner vers mon ancien domicile conjugal, désert et silencieux. Dans la chambre d'amis, le lit nous accueillit. À midi seulement, je repris pied dans la réalité. Jack me regardait, souriant, apaisé. Je me blottis sur sa poitrine pour lui dire gravement:

«Jack, mon amour! Tu viens de me faire le plus beau des cadeaux! J'ai moi aussi un cadeau pour toi. Viens, je vais te montrer ta surprise.»

Nous prîmes la route de Limoges et je le conduisis jusqu'ici. Dans cette maison où nous devions être tellement heureux. Jack fut émerveillé par les roses, par le parc, la grande salle à manger et sa cheminée. J'avais emporté de quoi pique-niquer dans le jardin, près de l'étang.

Des oiseaux chantaient, un petit vent tiède nous caressait. Jack murmura, avec l'air d'un enfant comblé:

«Je le savais! Oui, je savais qu'un jour nous serions là ensemble, chez nous. Je n'avais pas oublié cet endroit magique. Ce sera notre domaine, notre refuge. Notre petit paradis. Nous l'imprégnerons de notre amour. Merci, ma chérie!»

Je lui tendis les mains. Il les saisit et les embrassa. Un vertige me prit. Jack m'avait allongée sur l'herbe. Le désir nous grisait. Les arbres, les rosiers nous protégeaient. Ce furent des heures exquises, inoubliables... bénies!

*

Margaret regarda intensément Sylvie qui semblait transfigurée par l'émotion. Le ton sur lequel elle avait prononcé ce mot, « inoubliables », suffisait à lui seul à la faire rêver.

Les heures s'étaient écoulées très vite. Sylvie avait plongé dans un passé qui l'habitait tout entière et Margaret la devina animée par une exaltation étrange. En femme raisonnable, elle voulut la ramener près d'elle, dans le présent :

« Chère Sylvie! Vos souvenirs sont à la fois beaux et tragiques. Vous m'avez tenue en haleine, mais je vous empêche d'aller vous coucher! Je dois rentrer, mais je reviendrai, c'est promis. »

Sylvie la fixa, étonnée, puis elle secoua la tête d'un air désolé :

« Pardonnez-moi, Margaret! Il est une heure du matin. C'est moi qui vous retiens avec mes bavardages. Excusez-moi, je vous en prie!

– Mais j'étais ravie de vous écouter, et j'ai encore des questions à vous poser... pas ce soir, il est trop tard! »

Sylvie eut une réponse singulière :

« Il n'est jamais trop tard. Si vous désirez savoir quelque chose, dites-le-moi maintenant, peut-être ne vous reverrai-je jamais... Si Jack décide de retourner en Louisiane, je le suivrai, je serai obligée de le suivre, vous comprenez? »

Margaret se sentit mal à l'aise. Les propos de Sylvie étaient parfois énigmatiques. Le silence de la maison lui parut soudain angoissant. Elle préféra relancer la discussion...

« Si j'ai bien compris, vous avez donc séjourné souvent ici, tous les deux! Mais que sont devenus votre ancien mari, Adrien, et Vanessa? Et la petite Shirley? »

Sylvie, toute souriante, se leva et remit une bûche dans le poêle. Elle resta debout un moment, se réchauffant les mains, puis elle répondit à son invitée, d'un ton distrait. Enchantée, elle était déjà repartie dans ses souvenirs qui, apparemment, étaient toute sa vie.

6
La maison de l'amour

Adrien et Vanessa se sont séparés un an à peine après l'accident. Ils n'étaient plus heureux ensemble. Je ne sais pas ce qu'elle est devenue, mais Adrien, lui, s'est remarié avec une de ses collègues. Ils se sont associés et ils ont acheté une maison vers Puymoyen, dans la vallée des Eaux-Claires, une proche banlieue d'Angoulême.

J'ai croisé mon ancien mari un jour, dans les rues de Confolens, pendant le Festival de danse et de musique populaire. Il avait pris du ventre et perdu des cheveux. Nous avions tous deux dépassé la quarantaine. Je l'ai embrassé amicalement. Il avait eu deux enfants, une fille et un garçon!

Moi, à vrai dire, j'avais renoncé à mes désirs de maternité. Même l'adoption ne me tentait plus. J'avais Jack à choyer et à aimer, un travail qui me plaisait, cela me suffisait. Et nous avions Shirley. Au fil du temps, elle me témoigna beaucoup d'affection et de tendresse. Voyez-vous, tout s'arrangea. Sandra avait fait la connaissance de Samuel, un homme très prévenant avec lequel elle envisageait de refaire sa vie. Tout à son nouveau bonheur, elle nous confia sa fille de meilleur cœur et plus souvent. Les dix premières années de notre union, nous venions passer tous les étés dans cette maison. Après une période consacrée à nos divorces respectifs, aux arrangements matériels, notre vie fut douce et paisible. Je veux dire que, pour Jack et moi, la passion dura longtemps et elle dure encore.

Shirley adorait venir ici, en France. Elle vouait une admiration intense au parc, à la campagne alentour.

Elle attendait toute l'année l'instant magique de partir pour le Refuge aux roses, comme elle appelait cette maison. L'été nous semblait merveilleux. Nous partions tous les trois en randonnée. Cette terre regorge de tant de trésors : des puits, des fournils, des pigeonniers, des bonnes fontaines, sans compter les ruisseaux ! C'est le pays de l'arbre et de l'eau. C'est une terre dont on ne se lasse jamais. Parfois, nous assistions aux courses de chevaux qui passionnaient Shirley.

La petite aimait aussi beaucoup son oncle Emmanuel qui nous rendait souvent visite. Lui et Jack avaient fait la paix. Mon cousin eut pour Shirley les mêmes attentions qu'il avait eues pour moi. Il lui apprit à nager, à faire de l'équitation. À pêcher aussi au bord des étangs du Merle, de la Recheze ou de Saint-Sornin et dans toutes nos jolies rivières : la Loyre, l'Auvézère, la Petite Loyre. Il lui fit même découvrir l'arbre que l'on appelle ici le Roi de la forêt : un chêne de près de quatre mètres de circonférence.

Mais ces plaisirs s'achevaient en même temps que l'été, et nous repartions aux États-Unis le cœur gros, l'esprit déjà plein de projets pour les prochaines vacances.

Lorsque Shirley eut seize ans, elle renonça à nous accompagner. Elle avait son premier boy-friend et s'amusait beaucoup à La Nouvelle-Orléans. Sandra venait de se remarier avec Samuel. Nous avions assisté, Jack et moi, à la cérémonie. La voir aussi rayonnante me réchauffa le cœur : je m'étais tant de fois accusée d'avoir brisé son bonheur.

Ce fut à cette époque que Jack décida de vivre en France toute l'année. J'avais dû abandonner, hélas, depuis peu de temps, mon métier d'infirmière. Ma santé n'a jamais été solide, j'eus des ennuis cardiaques. Jack pensa, à raison d'ailleurs, qu'au contact de mon beau pays, je recouvrerais la forme. J'avais alors quarante-cinq ans et lui dix de plus. Nous avions des revenus convenables, grâce à Jack. De toute façon, nous n'étions pas épris de luxe. Il nous suffisait d'avoir le nécessaire.

Nous avons été si heureux! J'ai retrouvé rapidement des forces. Grâce à un bon bêchage effectué par un voisin complaisant, je jardinais, et nous nous régalions des légumes du potager. Jack allait à la pêche au bord du proche étang du Merle avec un vieux monsieur du village. Il rapportait de l'eau de la source du Roitelet aménagée près de l'étang. Nous allions en randonnée, et, à l'automne, nous partions ramasser des champignons dans nos belles forêts de chênes et de châtaigniers. C'était des joies simples. Au fil du temps, j'ai aménagé notre domaine, en respectant son cachet ancien, si émouvant.

Quant à mes parents, ils sont morts il n'y a pas si longtemps. Je les ai souvent invités ici. Ils avaient fini par accepter mon Américain. Jack et moi organisions des dîners dehors, sous les tilleuls.

Oh! Je me souviens si bien de l'un de mes anniversaires. C'était au mois d'août. Nous avions décidé de passer cette soirée en tête-à-tête. Jack avait commandé un repas délicieux chez le meilleur traiteur de la région. Il avait aussi remis en état le kiosque, près de l'étang. Il avait loué tout un orchestre. Il y avait même un piano à queue! Rien que pour moi!

Les musiciens ont ouvert le concert en interprétant un de mes morceaux préférés: *Le Printemps* de Vivaldi. Ils ont joué ensuite tout ce que j'aimais: du Mozart, du Brahms, du Strauss. C'était féerique! Nous avons dîné les yeux dans les yeux, sous les grands arbres, au son de cette musique. Puis, nous avons valsé, valsé, jusqu'à nous en étourdir. Nous aimions tant danser, Jack et moi! Cette nuit-là, je ne l'oublierai jamais, était douce et tiède. Les mélodies se mêlaient aux chants des grillons. Au petit matin, nous avons regagné notre chambre et nous nous sommes aimés jusqu'à l'aurore...

Oui, le Refuge aux roses était la maison de l'amour, de notre amour. Nous avons savouré chaque heure, chaque matin, chaque soir, les lumières du couchant, celles des quatre saisons, et surtout la complicité de la nuit. Nous avons connu sous ce toit les plus belles heures de notre vie d'amants...

*

Sylvie se tut. Elle regarda l'horloge d'un air égaré, semblant revenir douloureusement à la réalité :

« Margaret, dit-elle d'un ton brusque, je pense que vous devriez dormir ici. La chambre de Shirley est très confortable... Acceptez, je vous en prie, cela me ferait tellement plaisir! »

Margaret était trop lasse pour refuser. De plus, cela l'amusait de dormir dans un lieu nouveau, qui lui plaisait infiniment malgré ses allures abandonnées.

« Je vous remercie, Sylvie. De toute façon, je n'avais pas le courage de prendre ma voiture et de rouler seule dans le noir jusqu'à Vigeois. Mais... Jack! Je veux dire, si Jack me trouve ici demain matin, cela risque de lui déplaire. »

Sylvie éclata d'un rire doux et mélancolique :

« Mais non, il sera content de parler avec une

compatriote, j'en suis sûre! Ne vous inquiétez pas pour lui. Il est libre d'aller et venir. Je vous prépare une bouillotte. »

*

La chambre de Shirley était une pièce ravissante avec son plafond aux poutres apparentes, ses murs tendus d'un papier ocre jaune, agrémentés d'une frise représentant des roses... Le mobilier était en pin clair et Margaret imagina sans peine combien la petite fille, puis l'adolescente qui avait séjourné là avait dû aimer ces lieux décorés avec soin et beaucoup de goût.

Bien sûr, ce soir-là, il y faisait froid. Sylvie avait tenu à mettre des draps propres dans le lit, mais ils étaient un peu humides et la bouillotte se révéla fort utile.

Malgré sa fatigue, Margaret eut du mal à trouver le sommeil. Elle pensait à son hôtesse, à ses regards perdus, à son attitude si frileuse et résignée. Un silence pesant avait envahi la maison. Si Jack rentrait à une heure aussi tardive, ce serait vraiment surprenant et gênant. Margaret tendit l'oreille. Aucun bruit dans le parc, ni dans le couloir du rez-de-chaussée.

Une question l'obsédait. Où était ce fameux Jack? Elle aurait tant aimé faire sa connaissance! Pourquoi laissait-il sa femme seule si souvent, alors que, manifestement, un solide amour les liait encore...

Tout en se retournant sur son oreiller, elle chercha en vain une réponse. Depuis qu'elle venait ici, Jack ne s'était pas montré. La fuyait-il? Elle se dit que Sylvie cachait peut-être un pénible secret. Son Jack avait très bien pu la quitter. Non, c'était impossible! Ils avaient surmonté tant d'épreuves, montré un tel entêtement à vivre ensemble... Sylvie ne lui avait pas mentionné son âge et Margaret lui donnait la soixantaine. En vérité, la vieille dame était bien moins âgée qu'il n'y paraissait. Elle était dans sa cinquante-deuxième année. Et le mystérieux Jack, l'invisible compagnon portait donc allègrement dix ans de plus qu'elle.

Soudain, il lui sembla percevoir des voix. Elle se redressa et écouta, le cœur serré par une émotion insolite. Quelqu'un appelait doucement. Cela venait du jardin!

« Sylvie! Sylvie! »

Margaret reconnut une voix d'homme. Elle eut un petit sourire. Il s'agissait sûrement de Jack qui rentrait au bercail après une soirée passée on ne sait où.

Aussitôt, des pas résonnèrent sur le palier. Sylvie, sans doute, qui descendait... Mais pourquoi criait-elle ainsi, d'un ton anxieux, « Jack! Jack! »

Stupéfaite, inquiète, Margaret se leva et alla jusqu'à la fenêtre. Elle l'ouvrit sans bruit et se pencha un peu. Il n'y avait personne sur le perron. Pourtant, une seconde plus tard, Sylvie sortit et se mit à courir dans le parc. Elle appelait toujours Jack. Mais l'homme ne l'appelait plus. L'obscurité effaça sa silhouette menue...

Décidément, Margaret ne comprenait pas. Néanmoins, elle n'aimait pas jouer les indiscrètes. Elle désirait rencontrer Jack, mais elle se souvenait des paroles de son hôtesse: *Jack et moi vivons en ermites, nous nous suffisons l'un à l'autre.*

Aussi, ce soir-là, retourna-t-elle se coucher des questions plein la tête. Les deux amants s'étaient-ils querellés? Pour quels motifs? L'idée de Sylvie errant dans les profondeurs du jardin, sous la pluie fine de l'automne, l'inquiéta. Ce n'était guère prudent. Avait-elle au moins pris son châle? Peu à peu, le sommeil eut raison de son agitation et de toutes ces interrogations.

*

Sylvie marcha longtemps dans le parc. Ses pieds étaient glacés, trempés, sa chemise de nuit ruisselante de pluie collait à son corps mince. Elle répétait en pleurant «Jack! Jack!», mais personne ne répondait. Elle avait tellement besoin de lui, de ses bras, de ses yeux tendres, de sa bouche. C'était trop dur d'être privée de sa présence. Pourtant la nuit les réunissait souvent. Il venait vers elle, la regardait, lui souriait. Il l'écoutait parler du jardin, des roses, de leur chat Sacha qui avait disparu. Lorsqu'elle s'allongeait dans leur lit, il la rejoignait, couvrant de baisers légers son visage illuminé par le bonheur retrouvé... Elle aimait tant sentir ses lèvres, aussi douces que des ailes de papillons, se poser sur les siennes.

«Jack! Je t'en prie!»

Près du grand hêtre où ils avaient parfois fait l'amour, sur l'herbe tiède de l'été, elle l'aperçut. Il paraissait bouder, les mains dans les poches de sa veste de daim.

Sylvie crut deviner des larmes sur ses joues. Pourquoi pleurait-il? Elle avança encore:

«Jack! Rentre à la maison, je t'en prie! Nous ne devons plus nous quitter, tu avais promis... Rien jamais ne nous séparera, tu te souviens? Je t'aime, Jack, je t'aime.»

Sylvie sentit une joie immense la transporter.

Jack lui souriait en tendant les bras. Elle marcha plus vite, folle de bonheur, enfin rassurée.

*

Margaret Williams, en se réveillant, se demanda d'abord ce qu'elle faisait dans cette chambre inconnue. Puis elle se souvint. Comment avait-elle pu, elle si raisonnable, rester aussi tard hier soir?... Le long récit de Sylvie l'avait totalement captivée.

Elle avait froid et faim. Et Sylvie? Margaret la revit, partant vers le fond du parc, au milieu de la nuit. À cause de Jack. Mais Jack devait être là ce matin, elle allait donc faire sa connaissance. Cependant, la maison était aussi silencieuse que la veille. Heureusement, un oiseau chanta sur le toit et au loin des cloches sonnèrent, sans doute celles de l'église de Pompadour.

Margaret se leva, s'habilla et ouvrit sans bruit la porte de sa chambre. Elle traversa le palier. Quelqu'un chuchotait dans la pièce voisine. Sylvie...

«Jack, mon amour... Je vais partir avec toi, je te le promets...»

Intriguée, Margaret préféra laisser tranquille ce couple qui connaissait encore quelques problèmes. Tant pis, elle ne verrait pas Jack. Par souci de politesse, elle laissa un message sur la table de la cuisine:

Chère Sylvie, j'ai très bien dormi et je vous remercie de votre hospitalité. Je vous laisse avec votre mari. Transmettez-lui cependant les amitiés d'une compatriote. Je reviendrai vous voir bientôt. Margaret.

Devant la grille du parc, alors qu'elle s'installait au volant, Margaret vit une autre voiture se garer. Un homme grand et mince en descendit. Ses cheveux bruns étaient un peu dégarnis aux tempes.

Elle lui jeta un regard curieux et démarra en se demandant qui pouvait bien être ce visiteur.

Après plusieurs jours de pluie, l'automne avait bien voulu s'accorder une pause et laissait briller un pâle soleil. Margaret en profita pour visiter un peu la région. Elle avait décidé de ne pas déranger le couple durant le week-end. Elle se présenta chez Sylvie le lundi seulement.

Les volets étaient ouverts, mais personne ne lui répondit quand elle frappa plusieurs fois à la porte. Hésitante, elle se décida enfin à entrer, comme poussée par un mauvais pressentiment. La maison semblait déserte. Le poêle de la cuisine était éteint. Elle appela :

« Sylvie? Où êtes-vous? »

Margaret crut entendre une voix à l'étage. Elle se précipita. Sylvie devait être dans sa chambre, peut-être était-elle souffrante... Rien d'étonnant après avoir couru sous la pluie l'autre nuit!

Sa main tremblait légèrement en appuyant sur la poignée de cuivre. Elle vit aussitôt un grand lit à baldaquin et, couchée là, endormie, sa nouvelle amie. Elle appela tout bas, se demandant si elle devait la réveiller ou non :

« Sylvie, c'est moi, Margaret! Margaret Williams. »

Mais Sylvie ne bougeait pas. Elle paraissait épuisée. Son teint était d'une pâleur alarmante, malgré le sourire extatique qui la rajeunissait. Margaret approcha sur la pointe des pieds. Son cœur lui faisait mal, car peu à peu une évidence s'imposait à elle : Sylvie semblait avoir fui le monde des vivants.

Elle effleura une de ses mains, la trouva encore tiède.

« Sylvie, je vous en prie, réveillez-vous ! »

Mais Sylvie n'entendait plus rien. Margaret toucha ses joues, s'enhardit à guetter un souffle qui soulèverait la poitrine menue. Rien...

« My God ! » murmura Margaret en se signant.

Cette mort inattendue et tellement solitaire la bouleversait. Des larmes jaillirent, inondèrent ses joues poudrées. Le visage de Sylvie lui apparaissait sous un jour nouveau, malgré ses yeux embués. C'était le beau visage de la jeune fille de jadis, amoureuse, heureuse, nuancée d'une timidité touchante.

Margaret se moucha avec discrétion, chercha autour d'elle un téléphone. Il fallait prévenir les gendarmes ou les pompiers... C'est alors qu'elle vit une lettre cachetée sur la table de nuit, sous un bouquet de roses. Son propre nom figurait sur l'enveloppe. Elle osait à peine la prendre. Enfin elle l'ouvrit et lut :

Chère Margaret,

Vous avez été, sans le savoir, l'amie des dernières heures et, grâce à vous, j'ai eu le bonheur de revivre les plus beaux moments de ma vie de femme. Je dois partir. Jack me l'a demandé. Comment le décevoir, le laisser seul ? Je suis heureuse de le rejoindre et ce lit où nous avons connu la divine joie des amants sera mon refuge. Je me sens très faible mais vraiment apaisée. N'oubliez jamais notre histoire. Elle est peut-être banale. Il y a sur terre tant de gens qui cherchent l'harmonie, l'amour parfait. Nous avons tout simplement lutté comme les autres. Jack adorait cette maison ; moi, je l'aime comme la meilleure de mes amies. Pour cette raison, je vous la donne, Margaret. J'ai eu le temps de faire le nécessaire auprès de mon notaire car, croyez-moi, je ne suis pas folle. La folie est un argument facile dans la bouche de ceux qui refusent certains aspects de la vie ou de la mort...

J'ai donc toute ma raison et je vous demande de protéger le Refuge aux roses cher à ma petite Shirley, le protéger et l'aimer. Ces lieux ont un passé fait de douceur et de chaleur, ils doivent rester tels quels, afin de ne pas nous trahir, Jack et moi. Merci encore, chère Margaret. Je suis sûre que vous comprendrez le sens de ce message. Nous avons passé toutes les deux des instants bien agréables et j'aimais écouter votre voix où chantait un accent qui m'est précieux. Adieu, Margaret, ne pleurez surtout pas, je m'en vais vers le plus grand des bonheurs.

Sylvie.

Margaret essuya ses larmes. Elle resta longtemps debout, stupéfaite et incrédule. La maison lui appartenait. Devant une telle générosité, un geste aussi fou, elle se sentit plongée en plein rêve. Personne n'aurait pu l'empêcher de poser un baiser respectueux sur le front de Sylvie. Elle chuchota, émue:

« Merci, ma très chère amie, je ferai ce que vous avez souhaité, je veillerai sur le Refuge aux roses. Rien ne changera ici en souvenir de vous. »

Soudain Margaret sursauta, très inquiète. Quelqu'un montait l'escalier, des pas martelaient le plancher du palier. Elle resta figée, la lettre plaquée sur son cœur.

Qui venait? Jack? S'il n'était pas rentré depuis vendredi, il allait découvrir sa femme morte, et comment justifierait-elle sa présence ici... De plus, Sylvie lui avait légué devant notaire cette maison magnifique, alors que son mari était encore vivant.

Une peur insensée la glaça. Un homme entra dans la chambre. Elle le reconnut aussitôt, c'était ce personnage brun, à la haute stature, croisé trois jours plus tôt devant la grille du parc. Pas un instant, Margaret ne songea qu'il pouvait s'agir de Jack.

L'inconnu la regarda d'un air méfiant, puis marcha jusqu'au lit. Il comprit tout de suite ce qui s'était passé et s'écroula, le visage décomposé, les yeux noyés de larmes, sur la poitrine inerte de Sylvie.

« Sylvie, mon petit ange. Pourquoi m'as-tu quitté? Je t'aimais tant. J'aurais toujours veillé sur toi, tu n'aurais manqué de rien. Je te l'avais promis. Je ne t'aurais rien demandé en échange. Rien que de t'aimer en silence. Pourquoi l'as-tu écouté, lui? Non, non, Sylvie, ce n'est pas possible! Tu as cédé à ta folie, ta merveilleuse folie d'amour. »

Il mit doucement sa tête sur l'oreiller de Sylvie, regarda intensément celle qu'il avait tant adorée, puis ferma les yeux. Ses traits parurent aussi figés que ceux de la morte. Soudain il se releva, sans doute conscient de s'être laissé aller à des manifestations de désespoir presque impudiques devant une étrangère. Il jeta un long regard douloureux sur Margaret :

« Est-ce que vous étiez là... quand elle s'est éteinte...
— Non, monsieur! Je viens juste d'arriver, je suis une amie de Sylvie! Margaret Williams! »

Il hocha la tête d'un air las.

« Je suis médecin, je dois l'examiner. Je me présente, docteur Messand. Je suis le cousin de cette dame. »

Margaret respira mieux. Elle étudia d'un œil attentif le visage de l'homme ravagé par le chagrin.

« Alors, vous devez être Emmanuel! Je suis heureuse de faire votre connaissance. »

Emmanuel fronça les sourcils, étonné :

« Comment savez-vous mon prénom?
– Sylvie m'a raconté toute sa vie, monsieur. Je sais qu'elle avait beaucoup de tendresse pour vous. Je suis venue ici par hasard et nous avons bien vite sympathisé. C'était une femme exquise, adorable. J'ai l'impression d'avoir perdu une amie de longue date. J'étais tellement heureuse de la revoir aujourd'hui. Je lui avais acheté un livre. »

Emmanuel se laissa tomber dans un des fauteuils et se cacha le visage d'une main tremblante.

« Je comprends, répondit-il d'une voix hachée. Sylvie m'a parlé de vous. Elle était si seule. J'ai tout fait pour la convaincre de quitter cette maison sinistre. Je l'ai suppliée de venir vivre avec moi à Ségur-le-Château. Mais elle disait que ce n'était pas convenable, que Jack serait furieux. Elle était d'un entêtement ridicule. Je l'ai prévenue, il y a six mois. Son état de santé exigeait des soins, du repos, son cœur était si fragile. J'ai voulu la faire entrer dans un centre adapté à ses problèmes, un établissement de qualité, elle a refusé encore et encore. Je suis bouleversé! Mourir à cinquante-deux ans, à bout de forces. Certes, ce n'était plus une jeune femme mais, à cet âge, la vie peut encore vous apporter tant de bonnes choses. »

Margaret hésitait à poser la question qui la tenaillait. C'était pourtant le moment ou jamais. Elle avait peu de chances de revoir Emmanuel et il connaissait sans aucun doute la réponse. Elle se décida :

« Monsieur, une chose me tourmente. Sylvie m'a parlé de son second mari, Jack. Elle affirmait qu'il vivait ici, près d'elle, mais je ne l'ai jamais vu, pas même aperçu. Certes, je l'ai entendu appeler Sylvie, une nuit... Pourtant, même aujourd'hui il n'est pas là. Il devrait être à ses côtés. De quelle matière cet homme est-il fait pour se montrer aussi capricieux, indifférent? Elle l'aimait tant... »

Emmanuel releva la tête. Il fixa longuement Margaret, avec une expression étrange. Puis il parla, d'un ton attristé mais plus ferme, et les mots qu'il prononçait résonnèrent dans le silence de la chambre, comme les notes d'une mystérieuse mélodie funèbre :

« Madame, Jack est mort depuis cinq ans. Sylvie a refusé d'admettre ce décès, peut-être parce qu'elle n'a pas pu voir son corps. Il était allé en Louisiane pour le mariage de sa fille Shirley, mais Sylvie n'avait pas pu l'accompagner car sa mère était hospitalisée et il lui était difficile de la laisser seule, vu la gravité de son état. Jack n'est resté que trois jours à Bâton-Rouge. Je sais qu'il a appelé Sylvie peu de temps avant de monter dans l'avion. Il avait hâte de la retrouver. L'avion s'est abîmé dans l'Atlantique, quelques minutes après le décollage. Il n'y a pas eu de survivants. Cela a été un choc affreux pour Sylvie. J'ai essayé de la soutenir au moment de ce drame.

D'abord elle a semblé effondrée, prête à mourir de chagrin, mais elle a subitement changé, affirmant à tous que Jack était revenu, que tout allait bien. Cette attitude m'a alarmé, je l'ai crue atteinte d'une sorte de délire. Un délire qui a duré cinq ans. Sylvie est restée dans cette maison trop grande, à soigner ses fleurs et ses chats, à mettre deux couverts, à cuisiner pour deux et à attendre.

J'ai pris l'habitude de lui rendre visite le plus souvent possible. Nous sommes presque voisins, je venais donc ici chaque matin ou vers midi. Je déjeunais avec elle, je lui apportais des magazines afin de la rattacher au monde actuel. Elle me semblait calme, un peu triste mais sereine. Elle sortait rarement, se faisait livrer les denrées indispensables par l'épicière. Une vie de recluse. Le plus grave, c'était cette certitude qu'elle avait de vivre avec Jack. Je pense qu'elle avait en partie perdu la raison, mais au moins elle est en paix maintenant. Comme ma vie va être vide sans elle! Le pire, pour moi, c'est de la perdre alors que je gardais l'espoir de l'emmener enfin loin d'ici. Loin de ses souvenirs... »

Margaret s'était enfin assise sur une chaise, les jambes coupées par ce qu'elle apprenait. Ainsi Jack était mort depuis cinq ans! Jamais elle n'aurait cru cela possible. Sylvie l'évoquait sans cesse, comme une personne de chair et d'os, tellement présente et proche...

Elle réprima un frisson. Si Jack était mort, que signifiait cette voix dans la nuit qui appelait Sylvie... Qui était-ce? Elle l'avait vraiment entendue, c'était une voix d'homme. Elle croyait même se souvenir d'un léger accent américain, moins prononcé que le sien.

Emmanuel quitta la pièce, accablé de chagrin. Pourtant, il devait s'occuper des formalités administratives et prévenir Adrien. Ces devoirs semblaient lui peser. Margaret le suivit après avoir accroché les volets pour donner un peu de pénombre.

Sylvie n'avait plus besoin de lumière là où elle était. Avait-elle enfin rejoint son bien-aimé Jack?

Margaret était une femme romantique. Elle avait lu dans sa jeunesse des contes fantastiques, des histoires d'amour impossible au parfum de tragédie.

Par son métier de médecin, Emmanuel devait posséder un esprit rationnel. Aussi sut-elle taire les idées extravagantes que son esprit formait de minute en minute. Elle serait bien partie, détestant tout ce qui allait arriver, mais un détail, somme toute important, la tracassait. Elle attendit que le docteur Messand ait fini de téléphoner pour lui demander conseil.

« Pardonnez-moi, cher monsieur, une chose me tracasse. Sylvie m'a laissé une lettre. Elle dit m'avoir donné cette maison. Ce document n'est sans doute pas valable, surtout si votre cousine souffrait de troubles mentaux? »

Emmanuel la regarda d'un air las :

« Je suis au courant. Sylvie m'en a informé lors de ma dernière visite. J'étais présent quand le notaire est venu. Cette maison est bien à vous, madame Williams. De toute façon, personne n'en aurait voulu. Pour moi, cette demeure me rappellerait trop ma chère Sylvie! Et Shirley vit en Amérique. Après le décès de son père, elle n'a jamais voulu revoir le Refuge aux roses. Cette maison est à vous, j'espère que vous ne le regretterez pas! »

Les paroles du docteur lui parurent dénuées de sens. De plus, il semblait insinuer quelque chose d'imprécis... Autant parler franchement. Elle demanda avec une certaine autorité :

« Vous pensez que ce lieu est hanté, n'est-ce pas, que Jack revenait ici? Vous êtes un homme de science, mais vous avez des doutes, j'en suis certaine? »

Emmanuel s'assit dans un fauteuil. Il fixa son interlocutrice d'un air énigmatique :

« Écoutez, je ne suis sûr de rien. Mais Sylvie a joué un drôle de jeu en se persuadant que Jack vivait encore près d'elle. Cette maison n'est pas ordinaire, voilà ce que je pense. On y respire une atmosphère particulière et Sylvie a sûrement vu des phénomènes anormaux. Cela dit, elle était malade, alors... Je ne suis pas qualifié pour avancer des explications; seulement, si vous désirez habiter cet endroit, je vous souhaite du courage ou de la chance. Jack et Sylvie se sont adorés. Leur amour n'était pas de ceux que l'on peut détruire. J'en sais quelque chose. Quand Jack est venu la première fois à Confolens, Sylvie n'était plus la même. Je l'ai tout de suite compris. Adrien a vite deviné combien ils s'aimaient. Finalement, cela l'arrangeait. C'est même pour cette raison qu'il l'a sans doute laissée partir avec Jack pendant huit jours. Si vous pensez que c'est cela, avoir de la franchise et du respect pour une femme! Il était déjà amoureux d'une certaine Vanessa. Sylvie n'a jamais été qu'un fantôme de femme dans ses bras, une illusion. Elle n'est devenue réelle qu'en présence de Jack. Sa séduction, sa beauté se sont épanouies. Moi, je ne faisais pas le poids, j'ai préféré la laisser vivre son seul vrai amour. Ils ont été heureux, cela nous pouvons en être sûrs. Je me suis parfois posé des questions sur leurs relations. Pourquoi étaient-ils si bien ensemble, de quelle nature étaient ces liens dont ils ne pouvaient se délivrer? Certains parlent dans ce cas de l'influence d'une vie antérieure... À vous de réfléchir à ce mystère. Sylvie ne m'a jamais appartenu, mais je l'ai tant aimée, moi aussi. Je dois respecter ses dernières volontés. Quand rentrez-vous aux États-Unis, madame Williams?

– Dans une semaine, monsieur.

– J'aurais besoin de votre aide, si toutefois vous acceptez ce que j'ai à vous demander... Pouvez-vous me donner un numéro de téléphone où vous joindre avant votre départ?

– Bien sûr!

– Je vous remercie, madame.

– Ce n'est rien! Je suis tellement triste pour Sylvie. Si je peux être utile, ce sera avec plaisir. J'aimerais vous dire une chose, monsieur! Je suis très émue d'hériter de cette maison, mais je n'ai rien fait pour cela. J'ai frappé à la porte, il y a une semaine environ. C'est vrai, je souhaitais me renseigner, savoir si cette belle demeure était à vendre, mais tout cela est dû au hasard. Sylvie m'a reçue gentiment, peut-être parce que je suis américaine. Ensuite, elle a commencé à me raconter son histoire, celle de son grand amour. Je ne pouvais pas me douter de cette fin rapide... Pourtant, je m'inquiétais pour elle, je la trouvais fragile, comme un cristal prêt à se briser. Son escapade, la nuit où j'ai dormi ici, n'a rien dû arranger!

– Quelle escapade?» interrogea Emmanuel, stupéfait.

Margaret lui raconta ce qui s'était passé sans omettre un seul détail. Il regarda par la fenêtre les grands arbres du parc, avant de dire très bas, d'un air songeur:

«Certaines personnes diraient que Jack est venu la chercher! Quand je suis venu la voir, il y a deux jours à peine, je l'ai trouvée lucide, d'un calme impressionnant. J'ai même eu la sottise de croire en une guérison miraculeuse. J'ai eu tort de rêver. Mais, voyez-vous, madame, j'attendais ceci, retrouver ma cousine telle qu'elle était jeune fille, avant Jack. Nous aurions pu vivre ensemble encore longtemps, n'est-ce pas?... »

Margaret hocha la tête d'un air compatissant.

« Monsieur, je peux vous dire que Sylvie a failli, un jour, accepter votre amour. Et qu'elle vous vouait un très sincère attachement. »

Emmanuel poussa un gros soupir et reprit d'un ton las :

« Merci de me le dire, madame. À présent, il vaut mieux que vous partiez. Je vais appeler un confrère pour qu'il délivre le permis d'inhumer. Moi, je ne m'en sens pas la force. Ce qui va suivre n'est guère agréable. Vous me comprenez?

– Oui! Je m'en vais. Mais promettez-moi de me communiquer la date et le lieu des obsèques. Je veux lui rendre hommage, être présente.

– Je n'y manquerai pas. Au revoir, madame Williams, et merci à vous aussi de lui avoir donné la joie et la possibilité d'ouvrir son cœur. Un cœur si tendre, si plein d'amour. »

Margaret traversa le parc en retenant ses larmes. Le soleil jouait sur les dernières feuilles rousses qui s'attardaient au bout des branches. Un énorme rosier, dont les sarments épineux s'étaient accrochés à la grille, arborait quelques fleurs d'un rose veiné d'or. Margaret en cueillit une, respira son parfum poivré et suave. Puis elle se souvint : c'était ces roses délicates qui ornaient la table de nuit de Sylvie. Quand donc avait-elle pu les couper? Elles avaient semblé si fraîches, encore perlées de rosée. Margaret murmura : « Si c'était Jack? » et referma enfin le portail.

9
Plus fort que la mort...

Margaret regarda par le hublot de l'avion. Déjà elle apercevait la statue de la Liberté, les immeubles immenses et le bleu de l'océan... D'ordinaire, elle éprouvait une joie enfantine en revoyant New York, sa gigantesque ville. Pourtant, ce retour-là se teintait de mélancolie. Elle avait assisté à l'incinération. Il y avait peu de gens en vérité. Emmanuel, Adrien et son épouse, leurs deux enfants, quelques amis de la famille et un oncle aux cheveux blancs, qui se tenait debout avec peine.

À part Emmanuel, personne ne lui avait adressé la parole et on la regardait même d'un air curieux. Ensuite, elle était allée à Pompadour, chez l'épicière qui, la première, lui avait parlé de la pauvre Sylvie.

Margaret ne pouvait pas trahir son étrange amie, dont la mort l'avait profondément troublée. Aussi chercha-t-elle deux personnes de confiance, habitant près de la maison dont elle avait hérité. Une femme pour le ménage et un homme pour le jardinage. Elle avait expliqué, tout en promettant une rémunération plus que convenable :

« Je veux que la maison soit aérée et chauffée si l'hiver est trop humide. Rien ne doit changer. Il suffit que je la retrouve propre. Pour le jardin, je ne demande qu'une chose, le laisser tel quel, mais ramasser les feuilles et surveiller le potager, qui ne doit pas disparaître sous les mauvaises herbes! Je reviendrai l'été prochain. Voici mon adresse si jamais il y a un problème. Et les clefs, j'ai un autre jeu que j'emmène avec moi... Je vous téléphonerai quelques jours avant mon arrivée ici, afin que la maison prenne bien le soleil... »

*

Margaret était donc repartie tranquille, certaine que ses instructions seraient respectées. Elle reprit son existence aisée, entre ses nombreux neveux et nièces. L'année passa rapidement.

Dès le début du mois de juillet suivant, un sentiment d'impatience la poussa à préparer son départ pour la France.

Elle avait souvent pensé à sa maison en Corrèze, à Sylvie et à Jack, ces deux amants terribles que la mort avait réunis à jamais. Margaret avait même fait un petit tour du côté de La Nouvelle-Orléans. Une sorte de pèlerinage sur les traces d'une jeune fille de dix-sept ans, pudique et amoureuse, livrée à la séduction d'un homme plus mûr, dont les traits lui resteraient à jamais inconnus.

Margaret invita en France sa nièce préférée, la jolie Nancy, alors âgée d'une vingtaine d'années. Bien que très différentes physiquement, elles arboraient les mêmes yeux d'un brun doré qui séduisaient au premier contact. Après une adolescence tumultueuse, la jeune fille avait trouvé sa voie dans la musique pour laquelle elle était exceptionnellement douée. Elle avait éveillé chez Margaret un intérêt et une sollicitude qu'elle ne connaissait pas avec ses parents. Quant à Margaret, Nancy représentait pour elle la fille qu'elle n'avait pas eue. Ces deux femmes avaient tissé entre elles des liens de complicité et d'affection, renforcés par une même sensibilité envers les choses et les gens. Son frère, Tom, un adolescent de quatorze ans, insista pour les accompagner. Il rêvait de visiter la région de Pompadour dont sa tante leur avait tant parlé.

Nancy et Tom furent éblouis en passant le portail de la maison. Déjà la campagne les avait charmés, verte et humide, avec ses ruisseaux, ses vieilles fermes, mais ils ne pensaient pas entrer un jour dans un parc aussi étrangement beau.

L'étang offrait la surface calme de ses eaux vertes dans lesquelles se reflétaient les grands chênes. Les rosiers étaient en fleurs et Margaret elle-même fut émerveillée par la profusion de couleurs et de parfums qui régnaient dans son nouveau domaine.

Son cœur se serra. Comme Sylvie aurait aimé se promener parmi cette splendeur! Durant le voyage, Margaret avait raconté brièvement l'histoire de Sylvie et de Jack.

Elle ajouta, ce jour-là, en tenant les mains de Nancy et de Tom:

«Shirley, la fille de Jack, une enfant d'Amérique comme vous, appelait cet endroit le Refuge aux roses.»

Nancy répéta avec maladresse cette jolie expression. La jeune fille se croyait au paradis. Si lors de son séjour Margaret choisit la chambre jaune, celle de Shirley, Nancy voulut absolument s'installer dans la chambre de Sylvie. Le lit à baldaquin la fascinait.

Tom, lui, décida de camper dans le parc, pour mieux observer les oiseaux et les écureuils.

Margaret était heureuse. La maison avait été aérée, nettoyée. Les allées du jardin étaient dégagées. Quant au potager, il promettait déjà une bonne récolte d'herbes aromatiques, de haricots verts, de tomates et de poireaux.

De nature discrète et rêveuse, Nancy se promenait toute la journée dans la maison et le parc. Elle aimait particulièrement la salle à manger lambrissée. Ses tentures d'un vert pastel s'accordaient si bien aux bouquets de roses que la jeune fille cueillait et installait avec soin dans des vases aux lignes sobres.

Margaret, un peu soucieuse le premier soir, commença à savourer pleinement les joies de ces vacances. Tom avait loué un vélo et visitait les environs. L'été embellissait le paysage, et le soir, lorsqu'ils dînaient tous les trois dehors sous un tilleul centenaire, l'ambiance se faisait magique.

Nancy, pourtant, se montra de plus en plus lointaine. Elle paraissait triste, parfois, et le matin, son sourire avait quelque chose de tendu. Margaret s'en inquiéta dès le troisième jour.

« Qu'est-ce qui se passe, ma chérie, tu n'as pas l'air en forme? Dis-moi? »

La jeune fille but une gorgée de thé et leva la tête vers les frondaisons du parc. Elle et sa tante étaient assises sur la petite terrasse, devant la porte-fenêtre qui donnait dans la cuisine.

« Ce sont mes rêves, tante Margaret! Je dors mal à cause de mes rêves. C'est tellement bizarre! »

Margaret se sentit pâlir. Elle demanda, émue :

« Dis-moi, darling, à quoi rêves-tu ou de qui? »

Nancy secoua ses longs cheveux d'un blond presque argenté.

«Je vois un homme marcher dans la maison. Il semble désespéré et il marche vite, en se heurtant aux murs. Cela, dans mes rêves, mais... Je le vois aussi en me réveillant au milieu de la nuit, près de la fenêtre. Il est comme transparent, mais je devine ses traits. C'est un homme séduisant. Tu sais, cela ne dure pas longtemps parce que, aussitôt après, une femme arrive et le prend par la main. Et là j'ai peur, tante Margaret, très peur. Ils restent dans ma chambre, je crois entendre leurs voix. Ils rient, ils s'embrassent. Elle est belle, cette femme, jeune, pourtant je ne vois pas bien son visage. »

Margaret caressa la joue de sa nièce. Elle connaissait la grande sensibilité de Nancy et lui demanda :

« Mais ce sont des rêves, n'est-ce pas? Tu as dû être impressionnée par tout ce que je t'ai raconté sur cette maison!

– Je ne sais pas si ce sont des rêves ou de vraies images. Le matin, quand j'entends les oiseaux et qu'il fait soleil, je suis sûre que ce sont des rêves, mais le soir, avant de me coucher, j'ai peur! »

Margaret se mit à rire pour détendre l'atmosphère :

« Ce n'est pas grave! Tu bois peut-être trop de café. Si on allait en ville aujourd'hui? Il y a une course de chevaux programmée à l'hippodrome. »

La jeune fille sourit doucement, puis elle reprit d'un air grave :

« Oui, ma tante, pour la promenade, c'est une bonne idée. Mais je n'ai pas seulement rêvé, car un soir... je les ai vus. Avant d'aller me coucher, j'ai ouvert la fenêtre de ma chambre pour fermer les volets. Et j'ai aperçu ce qui se passait dans le parc. Ils dansaient tous les deux, devant le kiosque. Ils valsaient si vite que je n'ai pas pu distinguer leurs traits. Et il y avait de la musique. J'ai reconnu le morceau. Oui, je n'ai pas pu me tromper, c'était *Le Printemps* de

Vivaldi... Je suis soulagée de t'en avoir parlé. Tu sais, je me demandais si je ne perdais pas la tête! »

Le lendemain, Margaret alla rendre visite au couple qui avait accepté de prendre en charge l'entretien de la maison. Elle avait une idée en tête. Après les salutations et bavardages inévitables, on lui proposa un café. Le jardinier, un homme de soixante ans environ, semblait gêné. Sa femme, une solide personne au brave sourire, faisait tout pour être agréable, mais on la devinait aussi préoccupée.

« Je suis vraiment contente de vos services, déclara Margaret. Vraiment contente, j'espère que vous accepterez de continuer encore un an! »

L'homme fit un geste fataliste et ronchonna :

« Pourquoi pas? J'aime pas trop cette baraque, mais bon, faut bien arrondir ma retraite... »

Margaret attendit. Ce fut la femme qui poursuivit d'un air ennuyé :

« Moi, le ménage, ça ne me dérange pas. Et puis la maison est agréable. Mais autant vous dire ce que j'en pense, j'y suis pas tranquille. Tenez, y a des objets qui veulent pas rester en place. »

L'homme se servit une goutte de liqueur et s'écria, un bras levé en l'air :

« Raconte-lui donc le coup des tasses! Et celui de la canne et de la gabardine! »

Sa femme haussa les épaules avec un sourire d'excuse:

« Ah oui! Les tasses. Certains matins, sur la table de la cuisine, je trouve deux jolies tasses. Mais je me demande qui les a posées là, pas moi en tout cas! C'est comme la canne, celle où il y a un J, et le blouson de daim. Je les range dans l'armoire de la chambre le matin, et le soir je les retrouve accrochés à la patère de l'entrée. Et toi, Antoine, dis-lui ce qui t'est arrivé dans le potager! »

L'homme hocha la tête en regardant Margaret d'un air mystérieux:

« Ouais, ça c'était un matin, je taillais l'oseille pour qu'elle repousse plus belle. Je me disais, la dame d'Amérique, elle pourra se faire de bonnes soupes cet été, et puis voilà que je sens comme une main sur mon épaule. J'me retourne, personne. J'appelle, je regarde derrière, devant, personne, je vous dis. C'est comme le soir où j'avais oublié mon sécateur. Je reviens sur mes pas, et là, je l'ai vue! La dame qui habitait cette maison avant vous, oui, elle se tenait toute droite, devant la porte de la cuisine, toute blanche. Elle ne semblait pas me voir. Elle appelait seulement d'un ton calme: "Jack, es-tu prêt? C'est l'heure, viens voir comme le crépuscule est beau..." Je me suis sauvé, vous pouvez me croire, et j'y mettrai plus les pieds la nuit, ça, rien à faire. »

Margaret retourna sans hâte vers le Refuge aux roses. Depuis que Nancy lui avait avoué ses craintes, elle dormait dans la chambre de Sylvie et de Jack, mais elle y passait de très bonnes nuits.

Souvent, avant d'éteindre la lumière, elle se

préparait, le cœur serré par une angoisse joyeuse, à voir les fantômes des deux amants, mais il ne se passait jamais rien.

*

Nancy avait retrouvé le sourire. Ce fut Tom, un matin, qui perturba l'harmonie du séjour. Ses cheveux roux ébouriffés, il prenait un café, quand il déclara d'un ton furieux:

«Je voudrais bien savoir qui s'amuse toutes les nuits autour de ma toile de tente. Un coup, j'ai cru qu'elle allait s'envoler, une autre fois, quelqu'un a ouvert la fermeture éclair. Ce sont sûrement des gosses du village; si je les attrape, ils vont passer un sale moment!»

Margaret toussota. Comment expliquer à Tom, un garçon actif et sportif, ce qu'elle pensait avoir compris? Elle renonça et conseilla à son neveu de dormir quelque temps dans la maison. Il restait une chambre, peu meublée, mais exposée au sud. Tom protesta. Mais il ne devait pourtant pas avoir dit toute la vérité, car lui qui adorait camper et vivre dehors céda assez rapidement et s'installa dans la pièce qui restait.

La nuit suivante, Margaret laissa une bougie allumée. Elle se décida à mieux explorer l'ancienne chambre de Sylvie. Dans un tiroir de la commode, sous une pile de mouchoirs bien repassés, elle découvrit un cadre. La photo représentait un homme d'une quarantaine d'années, les cheveux soulevés par le vent. Il souriait à l'objectif ou à celle qui prenait le cliché. Son visage au premier abord assez ordinaire dégageait pourtant une séduction extrême. Cela tenait peut-être à son regard à la fois rieur et rêveur, à l'expression moqueuse de la bouche.

Margaret ne douta pas une minute de l'identité de cet homme. C'était Jack. Elle défit le cadre avec rapidité. De l'autre côté de la photo, quelques mots : *Jack à Saint-Germain-de-Confolens, un sourire pour Sylvie, sa princesse tant aimée!*

Margaret se recoucha et, à la lumière de la bougie, regarda encore longtemps le visage de Jack. Elle comprit ce qui avait plu à Sylvie chez cet homme, elle le ressentit. Et soudain, un parfum de roses la suffoqua. Elle eut la certitude d'une présence dans la pièce, près du lit. Sylvie, ce ne pouvait être que Sylvie.

L'âme de Sylvie, désormais éternellement jeune et libre d'aimer, venait lui rendre visite. Peut-être voulait-elle la remercier de prendre soin de la maison, du parc. De n'avoir rien touché au décor qu'elle adorait. Et Jack, était-il à ses côtés?

Margaret se mit à pleurer, mais c'étaient des larmes de douceur. Elle se revit à la fin de l'automne dernier, à New York, ce soir frais et venteux où elle était montée en haut de la statue de la Liberté pour disperser sur l'océan les cendres de Sylvie.

Emmanuel lui avait demandé ce service.

« Sylvie veut être incinérée et que l'on disperse ses cendres sur l'océan Atlantique, cet océan qui lui a pris Jack. Voyez-vous, c'est encore une preuve qu'au fond, elle le savait bien mort! »

Margaret avait souvent pensé à la question. Non, Sylvie ne pouvait ignorer la mort de Jack. Autrement, elle n'aurait pas pris ces dernières dispositions. Elle ne lui aurait pas non plus légué cette belle demeure. Mais c'était pourtant bien lui qu'elle attendait chaque soir, à la tombée du jour...

Margaret souffla la bougie. Aussitôt, elle perçut une rumeur. Osant à peine respirer, elle écouta. Cela ressemblait à des murmures joyeux, à des rires étouffés. Elle chercha des silhouettes dans la pièce sombre mais ne vit rien. Pourtant, des pas légers résonnaient sur le parquet. Ils s'estompèrent puis retentirent à nouveau, aériens, au rez-de-chaussée. Soudain il y eut de la musique, et toujours cette odeur de roses.

Margaret se leva, le cœur battant très vite. Au même instant, Nancy entra en courant dans la chambre. Tom ne tarda pas à les rejoindre. Ils tremblaient, l'air effrayé. Margaret les attira sur le lit, calmement :

« Asseyez-vous près de moi, mes chéris! Je crois savoir ce qui se passe ici. Cette nuit, je crois que nous dérangeons! Peut-être pas moi, car Sylvie me connaît et elle m'a laissé la maison. Mais les autres, les inconnus, comme le jardinier, sa femme ou vous deux, il me semble qu'on cherche à vous faire peur! Ce sont ce que les savants nomment des phénomènes paranormaux. Rien de dangereux, mais il faut avoir les nerfs solides! Écoutez cette musique, à peine audible, ces rires si fluets. À mon avis, Jack et Sylvie font la fête et ils se moquent bien du choc que nous ressentons! »

Nancy acquiesça et soupira. Tom grimaça, agacé, puis il demanda, ahuri :

« Alors, on doit s'en aller!

— Mais non, nous allons rester, au contraire. Écoutez, la musique s'est arrêtée, c'est fini. Je vais trouver une solution, je vous le promets. Ce n'est pas si grave, après tout. Prenez cela comme un jeu ou un film! Imaginons Sylvie, dans une belle robe, dansant au bras de son cher Jack, dans la salle à manger.

– Ce n'est pas très drôle, quand même! murmura Tom, le regard brillant de crainte.

– Mais si! Vous comprenez, ils sont ensemble pour toujours, et ils s'aiment encore. Plus rien ne peut les séparer et ils ont choisi de rester dans cette maison, qui fut la maison de leur bonheur! La journée, ils nous laissent tranquilles. Alors, j'ai une idée. Je vais abandonner cette chambre. Je dormirai avec toi, Nancy! Tom est habitué au camping, il couchera sur un matelas, près de nous. D'accord? »

*

Et les choses rentrèrent dans l'ordre. Ou presque. La veille de leur départ, Margaret s'attarda dans la chambre de Sylvie. La lune brillait et argentait la cime des arbres. C'était une de ces nuits faites pour l'amour.

Margaret en fut si troublée qu'elle regretta soudain sa jeunesse, sa brûlante et trop courte histoire d'amour avec Andrews. Elle comprit alors pourquoi Sylvie, le premier soir, s'était livrée si facilement à elle. Toutes deux avaient vécu une passion belle et tragique... Elle se remémora certaines paroles de son amie, se les répéta. Un jour, elle écrirait l'histoire de Jack et de Sylvie.

À peine avait-elle eu cette pensée que le parfum des roses grimpantes, sous la fenêtre, lui parut plus fort, plus suave. Au même instant, elle crut entendre des bruits dans le parc.

Alors, pour la première fois, elle les vit. Sylvie et Jack marchaient sur l'herbe rase, ils se tenaient par la main et semblaient discuter. C'était un couple comme les autres, des amoureux au clair de lune, et Margaret s'étonna de leur apparence. Ce n'étaient pas des ombres transparentes, ni des images floues, non, ils lui paraissaient réels. Les cheveux de Sylvie étaient d'un blond doré, ses joues avaient la fraîcheur du printemps et Jack, Jack souriait de son irrésistible sourire. D'un geste charmant, il porta à ses lèvres les doigts de Sylvie et les embrassa. Déjà ils s'éloignaient sous les arbres. Margaret hésita. Elle aurait pu descendre dans le jardin, les suivre, chercher à saisir les mots d'amour que, sans doute, ils échangeaient, mais à quoi bon?

*

Margaret Williams passa encore deux étés dans sa maison de Pompadour. Elle écrivait durant la journée et, la nuit, elle guettait certaines visites dont elle ne parlait à personne.

Le troisième été, elle reçut Nancy à Pompadour.

Elles retrouvèrent la demeure encore plus mystérieuse, dans la lumière tamisée de l'automne. Après une semaine passée à poursuivre la rédaction du roman relatant l'histoire de Jack et de Sylvie, elle eut pitié de la pauvre Nancy qu'elle avait tendance à délaisser et l'invita à venir se promener.

Au volant de sa voiture de location, Margaret prit la route de Collonges-la-Rouge. Le village était entretenu avec soin et visité par des foules de touristes. Elles marchèrent sur les traces de Sylvie et d'Emmanuel. Elles s'amusèrent à contempler longuement les monuments dont Sylvie avait vanté la beauté.

Elles déjeunèrent à l'auberge du Cantou, et la cuisine était si savoureuse qu'elles décidèrent de passer trois jours dans cet établissement à l'accueil bien français. Cela leur permit de visiter la région alentour. Elles allèrent de découverte en découverte. Elles virent Curemonte, perché sur son éperon rocheux, avec ses deux châteaux, et Meyssac, ancienne cité fortifiée.

Lorsqu'elles rentraient à l'hôtel un peu lasses, elles éprouvaient une joie enfantine à se parer pour le dîner qui les attendait. La patronne les plaça près de la cheminée, allumée, car le temps se mettait à la pluie. Margaret se demandait à quelle table s'étaient assis Sylvie, son cousin et le docteur Jean-Philippe Tessier, lorsque, à sa grande surprise, elle vit entrer Emmanuel, accompagné de deux hommes.

Le cousin de Sylvie avait les cheveux tout à fait blancs. Depuis trois ans, Margaret et Nancy ne l'avaient jamais revu. Quand Margaret séjournait dans son cher Refuge aux roses, elle ne manquait pas de lui téléphoner, de l'inviter à déjeuner, mais il avait toujours refusé, prétextant que son travail l'en empêchait. Margaret n'était pas dupe. Inconsolable, il ne tenait pas à entrer dans cette maison imprégnée du souvenir de Sylvie. Le deuil l'avait marqué. Il paraissait plus âgé que le jour de leur première rencontre.

Assez émue, Margaret observa le plus discrètement possible les nouveaux venus. Il y avait un homme auquel elle donnait environ cinquante-cinq ans, de taille moyenne, portant des lunettes et qui avait vraiment beaucoup d'allure. Le troisième personnage, plus jeune, très grand, paraissait très gai et parlait beaucoup, à mi-voix. Tous trois semblèrent hésiter à s'asseoir à une table ronde, située près d'une fenêtre. Emmanuel fit un geste fataliste et s'installa.

Ni Margaret ni Nancy n'osaient aller les saluer. Pourtant, les trois hommes étaient proches d'elles, et la salle étant encore à demi vide, Margaret entendait des bribes de leur conversation.

« Tu te souviens, quand elle a commandé du champagne en cachette? disait Emmanuel.

– Oui, ses yeux pétillaient de malice! Si tu ne m'avais pas confié, ensuite, qu'elle traversait une dure épreuve, je l'aurais prise, ce soir-là, pour une femme heureuse et malicieuse... Je n'ai jamais oublié cette soirée à Collonges, même au fin fond du Togo. »

La gorge de Margaret se serra. Emmanuel parlait de Sylvie, cela ne faisait aucun doute, et il s'était assis à la même table que jadis. À moins que la disposition de la pièce ait changé... Ce détail passa vite au second plan car elle comprit soudain que l'autre homme ne pouvait être que Jean-Philippe, le docteur qui partait en Afrique, à cette époque, puisqu'il avait cet accent québécois dont Sylvie avait fait mention.

Prise d'une soudaine curiosité, Margaret se leva et, prenant un air de profonde surprise, elle s'arrêta près d'Emmanuel.

« Mais je vous reconnais, monsieur! s'exclama-t-elle en souriant. Oh! je sais, vous êtes le cousin de Sylvie, ma chère Sylvie. »

Emmanuel fixa avec suspicion cette belle femme aux cheveux noirs, coupés très court, ce qui ne nuisait en rien à sa féminité.

« Margaret Williams! s'écria-t-il en lui tendant la main. Quel hasard! Que faites-vous ici? Mais c'est votre nièce qui est à la table que vous occupez. Je l'ai vue à Pompadour lorsqu'elle était plus jeune.

– Nous sommes venues pour une sorte de pèlerinage, comme vous dites en France. Sylvie m'avait raconté son séjour à Collonges, en m'encourageant à visiter ce beau village. Alors nous voilà! »

Jean-Philippe Tessier, car c'était bien lui, lança un regard à Emmanuel, et il leur proposa de dîner avec eux.

« Oh non, nous ne voulons pas déranger!

– Deux charmantes femmes ne dérangent jamais, répliqua Jean-Philippe, surtout pas deux vieux célibataires et un ami de longue date. Nous discutons médecine, ce n'est guère palpitant. Vous êtes toutes les deux américaines, n'est-ce pas?

– Oui, notre accent nous trahit toujours, avoua Margaret. Pour ceux qui ne la connaissent pas, je vous présente ma nièce Nancy. Elle paraît comme ça une jeune fille réservée mais, en Amérique, elle est devenue une grande concertiste.

– Une musicienne, voilà qui va intéresser mon ami Dominique qui adore la musique! s'amusa Jean-Philippe. Allons, installez-vous avec nous et laissez-moi vous présenter Dominique, un collègue qui exerce à Limoges. Il a la chance de posséder une maison de campagne ici, entre Orgnac et Miallet, à douze kilomètres environ de Pompadour. Comme je l'ai invité au Québec, il vient de m'accueillir en France... Nous avons fait des parties de pêche mémorables dans la Loyre, un cours d'eau réputé pour la truite... »

Dominique se leva à demi et salua les deux femmes d'un signe de tête :

« Enchanté, mesdames! Je suis ravi de faire votre connaissance. Décidément, Collonges a ce soir des visiteurs de tous les pays! »

Emmanuel eut un petit rire de sympathie. La serveuse aida la tante et sa nièce à changer de table. Nancy était toujours aussi timide et son visage était rouge d'embarras.

« Ma parole, voilà une demoiselle qui a peur

qu'on la mange», plaisanta Dominique avec un clin d'œil complice vers l'intéressée.

Les trois hommes se montrèrent aimables et galants durant tout le repas. Jean-Philippe fut le plus éloquent. Il raconta ses longues années en Afrique, décrivant les conditions de vie des enfants malades, mais aussi la splendeur de la nature.

Margaret écoutait avec un intérêt sincère. Depuis longtemps, elle vivait seule, hormis des séjours ici et là avec ses neveux et nièces. Les voyages qu'elle avait effectués se limitaient à des allers et retours entre les États-Unis et la France, de sa maison de Californie à sa demeure corrézienne.

Dominique se lança à son tour dans le récit de son séjour au Québec. Margaret savait déjà, grâce aux conversations précédentes, que cet homme affable était un passionné de littérature, et qu'il avait rencontré Jean-Philippe, par hasard, à la foire du livre de Brive, un événement national en matière de littérature.

«Et nous sommes devenus de bons amis, car en plus nous étions médecins! Il y a six mois, Jean-Philippe m'a invité à Chicoutimi! Quel voyage! J'ai survolé le Saguenay à bord d'un hélicoptère, oui, une balade de deux heures, ce qui m'a permis de découvrir la ville, qui est bâtie sur les deux rives, et de filer ensuite vers le lac Saint-Jean... où j'ai eu le grand bonheur d'apercevoir, cette fois, la maison où l'écrivain Louis Hémon écrivit son célèbre roman *Maria Chapdelaine*!»

Margaret joignit les mains, enthousiasmée.

«Oh! J'adore ce livre. Je l'ai lu à seize ans, quand on rêve d'amour et de grands espaces. Mais je crois que Louis Hémon était breton, n'est-ce pas? Un Français, en somme!

– Tout à fait! répondit Jean-Philippe. Louis Hémon était de passage au lac Saint-Jean en 1912, dans la maison de Samuel Bédard. On dit de lui que c'était une sorte d'aventurier. Il a aidé ses hôtes, Laura et Samuel, aux travaux de la ferme, pendant six mois. C'est là qu'il a écrit son ouvrage, traduit depuis en plus de vingt langues. Comme vous le dites, Margaret, ce roman parle d'amour, mais c'est aussi un récit de la colonisation... »

Dominique, d'un ton enflammé, ajouta:

« Depuis, cette maison a été transformée en musée; le musée Louis-Hémon! On voit encore la bâtisse d'origine, tout en bois, peinte en blanc, en bordure de la rivière Péribonka... Mais il y a aussi des structures modernes, car en 1991 le site est devenu le Musée des littératures du Québec. »

Jean-Philippe et Dominique rirent de bon cœur. Margaret s'étonna:

« Pourquoi êtes-vous si gais, messieurs?

– Parce que nous aimons rivaliser dans l'exactitude de nos souvenirs! expliqua Jean-Philippe. Quand j'ai reçu Dominique à Chicoutimi, j'ai joué les guides... À présent, il raconte à tout le monde qu'il a vu la Croix de Sainte-Anne, édifiée en 1870 au cap Saint-Joseph, pour que nul n'oublie le grand feu qui avait épargné le village de Sainte-Anne pour s'en aller ravager le voisinage... Et qu'il a vu des caribous, un orignal en colère, des ours blancs ainsi que des ours bruns, des bisons d'Amérique et des cerfs. Et tant d'autres choses, typiquement québécoises!

— L'ennui dans ce pays est quand même les basses températures qui y règnent, renchérit Dominique. Tenez, à Chicoutimi, le froid combiné au vent, ça donne quand même -42° certains jours. Même l'air des pneus est gelé. Certains conteurs mentionnent qu'à cette température les paroles peuvent sortir de la bouche en cubes de glace. Mais je ne l'ai jamais vu... Je me suis contenté de me vêtir comme un trappeur...

— Alors, répliqua Nancy que l'on n'avait pas entendue depuis le début de la conversation, ce n'est pas une contrée où tante Margaret ira chercher un fiancé. Elle est frileuse comme une chatte. À -5° elle est déjà totalement frigorifiée. Lorsqu'elle pleurerait, ses larmes se transformeraient... en perles de glace. »

Cette répartie provoqua chez les trois hommes un fou rire qu'ils ne purent réprimer.

« Mais non, déclara Jean-Philippe, si j'invitais votre tante dans mon pays, je veillerais à ne pas vous la rendre congelée. S'il le faut, je l'autoriserais à hiberner. Elle pleure donc si souvent que ça, votre tante Margaret? C'est en tout cas très joli ce que vous venez de dire sur ses larmes. Mais moi, je ferais tout pour qu'elle n'en verse jamais! Elle a de si beaux yeux... »

Ce fut au tour de Margaret de prendre un teint couleur écrevisse.

« Seules ces sottises qui sortent parfois de la bouche de ma nièce auraient le pouvoir de me faire pleurer. D'ailleurs, je ne cherche pas de fiancé. Que tout le monde ici se le dise! »

Les hommes sentirent qu'il fallait expressément changer de sujet.

Heureusement, Dominique fit bientôt le récit de leurs parties de pêche dans le Loyre, sans oublier de raconter un dîner exceptionnel au château de Comborn, un monument datant du Xe siècle qui abrite le meilleur restaurant de la région.

« Et comme je connais bien les propriétaires, nous avons dégusté chaque plat en écoutant Jean-Sébastien Bach, *La Symphonie pastorale*, évidemment, qui allait à merveille avec l'ambiance de cette fin d'été... dit-il avec un sourire pour Nancy.

– Qui n'aimerait pas Bach! s'exclama Margaret. Ma nièce joue ses partitions très souvent au piano. C'est vraiment une virtuose. »

Comme Margaret le regardait avec gentillesse, Emmanuel aborda enfin ce qui devait le préoccuper en secret.

« Et avez-vous passé de bonnes vacances, au Refuge aux roses, Margaret? Vous y venez tous les étés, je crois?

– Je me sens très bien dans cette maison! dit-elle d'un ton grave. Malgré tout ce qui s'y passe. »

Aussitôt, Jean-Philippe tendit l'oreille, non sans avoir scruté le visage d'Emmanuel. Margaret en déduisit que le cousin de Sylvie avait dû raconter à son ami et collègue les phénomènes étranges qui avaient précédé la mort de celle-ci. Dominique pressentit un mystère et se fit attentif.

« Que voulez-vous dire exactement? marmonna Emmanuel.

– Eh bien! je pense que ces murs sont hantés par la présence de Jack et de Sylvie. Nancy a entendu des bruits, des voix, et elle a vu à plusieurs reprises un homme qui marchait, l'air égaré. C'était au début... Ensuite, les gens qui font l'entretien m'ont raconté d'autres manifestations. Le jardinier a vu Sylvie, il a perçu sa voix. Elle appelait Jack bien sûr... Et moi, un soir, je les ai distingués, dans le parc, comme je vous vois, livides et translucides. »

Emmanuel se servit du vin. Jean-Philippe semblait fasciné par le récit de Margaret.

« Oui, avoua Nancy, au début j'étais morte de peur.

– En effet, Tom et Nancy ont été très effrayés, mais je les ai rassurés. La journée, il ne se passait jamais rien; la nuit il suffisait de se réfugier dans une des chambres, celle de Shirley, la fille de Jack. À mon avis, cette pièce est restée neutre. J'y dors quand je viens... et avec Nancy lorsqu'elle m'accompagne.

– Quel courage, dites-moi! constata Jean-Philippe. Vous demeurez parfois seule dans cette maison, malgré les fantômes qui vous rendent visite?

– Pourquoi aurais-je peur d'une amie, car Sylvie était une amie, même si je l'ai connue très peu de temps... Jack m'impressionne plus, je ne peux pas oublier combien il a fait souffrir celle qui l'aimait avec tant de passion. »

Emmanuel écoutait maintenant, sans se mêler à la discussion.

« Emmanuel, je ne devrais pas vous dire tout ceci...

– Au contraire! affirma-t-il. Je reste dans le doute, comme tout homme de sciences, mais si ma cousine vous paraît heureuse, je ne peux que me réjouir. Croyez-vous, Margaret, que je la verrais, moi aussi, si je dormais une nuit au Refuge aux roses? »

La question demeura sans réponse.

Jean-Philippe alluma un cigare, en demandant auparavant si cela dérangeait les jeunes femmes.

« Non, pas du tout, répondit poliment Margaret. Andrews fumait autrefois, et j'aimais bien l'odeur du tabac... Andrews était mon fiancé, il y a plus de vingt ans. Il est mort huit jours avant notre mariage. Un accident de la route. J'ai eu du mal à survivre, mais, peu à peu, j'ai réussi à trouver le courage de continuer... Grâce à la lecture, au cinéma, à la musique! Mais j'ai refusé tous les partis qui se présentaient à moi. Aucun homme n'égalait Andrews! »

Emmanuel leva son verre en déclarant :

« Bienvenue au Club des grands romantiques, mesdemoiselles! Jean-Philippe et moi l'avons créé il y a des années. »

Dominique hocha la tête. La conversation le troublait. Jean-Philippe eut un sourire amusé. Margaret se souvenait parfaitement de la description que Sylvie avait faite du docteur Tessier. Elle l'avait reconnu aussitôt, surtout grâce à cette distinction qui émanait de lui, à la bonté chaleureuse de ses regards.

Elle plaisanta :

« Sylvie m'avait parlé de vous, monsieur, en bien, rassurez-vous! Ne portiez-vous pas jadis le surnom de monsieur de la Froidure? »

Il éclata de rire en observant d'un air ravi son interlocutrice.

« Tout à fait! Et je porte ce surnom plus que jamais, puisque je viens de passer plusieurs années au Québec! Et vous n'êtes pas trop déçue, chère Margaret, par mon apparence? Je comptais vivre à nouveau en France mais, si tel est le cas, je repars aussitôt dans mon pays de neige!

— N'en faites rien! Et je ne suis pas déçue! Absolument pas! Cela m'aidera de vous avoir vu en vrai, pour mon livre! »

Emmanuel fronça les sourcils et, avant de commander du café, demanda à Margaret :

« De quel livre s'agit-il?

— Une sorte de roman auquel je travaille depuis des mois, qui retrace l'histoire de Sylvie et de Jack. L'idée m'en est venue un soir, quand les roses embaumaient plus que de coutume. Mes fantômes s'annoncent toujours par un parfum très suave de roses. J'ai pensé que Sylvie me soufflait ce projet. Coucher par écrit toutes ses confidences, afin que rien ne soit oublié... Mais je ne veux pas le soumettre à un éditeur. Ce serait tellement indiscret, puisqu'ils me paraissent tous les deux encore vivants, à leur manière! Et bien sûr, vous y figurez, messieurs, car je raconte cette soirée à Collonges-la-Rouge, que Sylvie m'avait décrite avec maints détails.

— Mais c'est formidable! s'écria Dominique. Je suis en face d'une virtuose et d'un futur auteur à succès! Par contre, pourquoi ne pas confier ce roman à un éditeur?... Il suffit de changer les noms, personne ne sera mis en cause ainsi! Vous savez, Margaret, j'ai des relations dans le milieu, si jamais vous vous décidiez... »

Emmanuel baissa la tête, l'air gêné. Margaret en comprit la raison, si bien qu'elle n'ajouta rien de plus.

« Et vous, Jean-Philippe, dit-elle, si je peux vous appeler Jean-Philippe?
– Oui, j'en serais flatté.
– Que pensez-vous de mes amis de l'au-delà? Comme médecin, vous devez réfuter de telles choses! »

Jean-Philippe prit le temps de réfléchir. Il gardait un souvenir ému de Sylvie, cette jeune femme ravissante, fine et séduisante, qui avait su l'attendrir et le faire rire.

« Moi, je vous crois! décréta-t-il enfin. Sylvie était de celles qui fascinent par leur force fragile. Et, en Afrique, j'ai entendu des récits aussi étranges que le vôtre. Mais j'aimerais les voir, eux, Jack et Sylvie. Je suis comme Emmanuel! Je demande des preuves, et une invitation à dîner au Refuge aux roses, comme vous appelez votre maison. »

Le cœur de Margaret se mit à battre très doucement, comme du temps où elle frémissait sous les baisers d'Andrews.
« Que m'arrive-t-il? » songea-t-elle.
Le regard de Jean-Philippe ne la quittait plus. Elle chuchota, timide comme une jeune fille.

« Je serais très contente de vous recevoir. Vous aussi, Dominique! Venez tous les trois samedi prochain, vers dix-neuf heures. Emmanuel vous guidera, il connaît bien le chemin... »

Dominique déclina l'invitation. Il avait pris quelques jours de congé, mais il devait repartir sur Limoges le lendemain, où ses fonctions de chirurgien l'appelaient.

Ce soir-là, Margaret Williams se coucha la tête pleine de rêves. Le hasard l'avait menée jusqu'à Collonges, alors que Jean-Philippe et Emmanuel y dînaient. Ils étaient déjà repartis, mais avec cette promesse de la revoir bientôt, à Pompadour. Nancy n'avait pu réprimer un petit sentiment de déception, car Dominique ne serait pas de la soirée.

Margaret eut du mal à trouver le sommeil. Curieusement, ses pensées revenaient sans cesse à Sylvie. Lorsqu'elle éteignit sa lampe de chevet, le visage de son amie lui apparut avec une netteté surprenante. Et un sourire d'ange, à la fois coquin et serein, l'illuminait.

« Que voulez-vous me dire, chère Sylvie? » chuchota-t-elle en prenant garde de ne pas réveiller Nancy qui dormait dans un lit à ses côtés.

Elle attendit en vain une réponse. Pourtant, le lendemain matin en s'éveillant, Margaret se rappela aussitôt un rêve très étrange. Sylvie était assise devant une des maisons de Collonges. Plus blonde encore et très mince, elle dégageait une extraordinaire lumière.

« Alors, chère Margaret! disait-elle de sa voix musicale. Allez-vous finir seule votre vie. Je n'ai jamais osé vous l'avouer, quand vous me rendiez visite, mais je vous trouvais si belle... si charmante avec votre accent et vos attitudes théâtrales. Moi, je sais que l'amour vous a touchée de son aile, comme le souffle d'un ange... Ne le méprisez pas, en souvenir de moi! »

*

Le samedi suivant, Margaret attendait ses invités avec impatience. Hélas, Nancy, rappelée par un concert, avait dû retourner en Amérique. Le Refuge aux roses était illuminé de fond en comble. En bonne Américaine, la maîtresse de maison avait fait des folies. Plus de cent bougies allumées, de la cuisine au salon, des chambres au grenier.

Dans le parc qu'éclairaient des torches, les roses abondaient, en une floraison extravagante déployant une gamme de couleurs et de parfums grisants. Malgré un crépuscule grisâtre, humide, le domaine ressemblait à une image de conte de fées.

Margaret s'était acheté une robe noire, assez décolletée, mais ses épaules étaient drapées dans un châle de soie bariolée. À ses oreilles, des anneaux d'or, assortis au collier qui parait son cou.

« Suis-je assez belle, Sylvie? demanda-t-elle en se contemplant dans le miroir du salon. Oh! répondez-moi, je vous en prie! Et cette nuit, faites-moi plaisir, montrez-vous à Emmanuel et à Jean-Philippe, sinon ils me prendront pour une folle. »

Après cette longue supplique, Margaret guetta un murmure, l'écho d'une voix. En vain. Elle n'osa pas mettre de musique, de peur de ne pas entendre les chuchotis de l'au-delà.

« Oh! les voilà! » s'écria-t-elle en voyant les deux hommes remonter l'allée, sans hâte, car ils admiraient ses illuminations.

Jean-Philippe, qui ne connaissait pas cet endroit au cachet si particulier, avançait même au ralenti, d'un air extasié. Son expression fut révélatrice, du moins pour Emmanuel, quand il vit Margaret descendre les marches du perron.

« Dis donc, mon vieux, souffla le cousin de Sylvie, je crois que notre hôtesse te plaît!

– Chut! fit son ami. Ne gâche pas la magie de l'instant. D'abord, il n'y a pas d'âge pour tomber amoureux. »

C'était précisément ce que pensait Margaret au même moment. Le docteur Tessier, qui avait dépassé la cinquantaine, éveillait en elle une tendre fièvre. Il souriait si gentiment, semblait d'une telle bonté. En s'approchant de lui, Margaret fut presque suffoquée par une forte senteur de roses. Elle se figea, une main tendue.

« Sylvie est là, j'en suis sûre! murmura-t-elle à ses invités. Vous ne sentez pas ce merveilleux parfum? »

Emmanuel fit non d'un geste. Jean-Philippe se contenta d'expliquer, comme à regret :

« Margaret, dans ce royaume envahi de roses, ce n'est pas surprenant. Mais laissez-moi vous dire que vous êtes ravissante. »

Le dîner, servi dans la salle à manger, fut une réussite. Quand l'heure du dessert sonna, Margaret déboucha une bouteille de champagne, puis fit tourner *Le Printemps*, de Vivaldi... Elle multipliait ainsi les invites à Sylvie, espérant de tout son être une manifestation de ses chers fantômes.

Emmanuel fit visiter la maison à Jean-Philippe, en compagnie de la propriétaire. Ils avaient tous trois leur coupe de champagne à la main.

« Oh! fit soudain Emmanuel. J'ai senti quelque chose sur ma joue droite. Comme une caresse... »

Jean-Philippe et Margaret s'immobilisèrent. Ils se trouvaient dans l'ancienne chambre de Sylvie, devant le grand lit à baldaquin.

« Mon Dieu! bredouilla Emmanuel, que c'est bizarre. J'entends un rire, des voix. »

Margaret respira mieux. Jean-Philippe la prit spontanément par la taille. Il se sentait dans un état second, incapable de feindre plus longtemps, de perdre de précieuses semaines, voire des mois, à faire une cour maladroite.

« Margaret! J'ai le pressentiment que je vais vivre ici, avec vous! lui dit-il à l'oreille. Je suis resté seul des années, et je ne comptais pas changer mais, brusquement, cela m'apparaît stupide, vain. Comme si une voix intérieure me soufflait d'oser aimer, enfin...
– Oh! Darling! répondit-elle si bas qu'il crut rêver. Je le savais aussi, ce soir, en vous attendant. Écoutez! »

Jean-Philippe tressaillit, car Margaret serrait son poignet avec nervosité. La musique montait jusqu'à eux, mais ce n'était plus Vivaldi, non, ils entendaient tous les harmonies de l'*Ave Maria*, de Schubert.
Emmanuel redescendit en trombe l'escalier. Il cria d'en bas :

« Quelqu'un a changé de cassette! Mais qui?
– Venez, Jean-Philippe! chuchota Margaret. Nous devons aller dans le parc... »

Lorsqu'ils furent tous les trois dans l'allée secondaire qui contournait le kiosque romantique, cher à Jack et à Sylvie, les nuages se dissipèrent et un quartier de lune apparut. Margaret avait pris Jean-Philippe par le bras, tandis qu'Emmanuel se tenait un peu à l'écart, l'air bouleversé.

« Croyez-vous qu'ils sont là, prêts à se montrer à nous? questionna-t-il.

– Oui, j'en suis sûre! J'ai prié Sylvie de vous offrir son image de jeune femme comblée. Elle est heureuse désormais et elle ne peut que regretter votre solitude de célibataire. »

Emmanuel avoua alors tout bas:

« En vérité, Margaret, je ne suis plus vraiment célibataire. J'ai une compagne, depuis six mois. Une femme un peu plus jeune, Valérie, que j'ai rencontrée pendant un séminaire. Je ne lui ai rien promis, mais je suis heureux de l'avoir à mes côtés, de temps en temps. Elle aurait dû venir avec moi à Collonges, elle n'a pas pu. »

Soudain, Margaret devina ce qui allait se passer ce soir-là, précisément. La rencontre fortuite avec Emmanuel, Dominique et Jean-Philippe, à Collonges, la vision de Sylvie si belle, puis ce rêve singulier, tout ceci semblait faire partie d'un plan mystérieux. Un ange avait décidé de veiller au bonheur de ceux qu'il aimait encore d'un sentiment humain, terrestre, car il se désolait sans doute de leur solitude à tous trois.

« Regardez! souffla Margaret, les yeux embués de larmes. Là-bas, près du grand sapin. Ils sont là! »

Jean-Philippe et Emmanuel cherchèrent un instant

ce qu'elle leur montrait d'un petit signe du menton. Enfin, ils virent un couple qui se tenait enlacé. Sylvie et Jack, unis pour l'éternité, irradiant une clarté bleuâtre, celle de la lune. L'image était imprécise, certes, mais chacun reconnut le doux visage de Sylvie, dont les cheveux blonds flottaient au vent d'automne. Jack la regardait aussi, avec tant d'amour que Margaret se mit à pleurer de joie.

Puis les deux amants s'estompèrent, mais ils agitaient la main, comme s'ils partaient en voyage.

Emmanuel crut distinguer un *«au revoir»* chantonné, Jean-Philippe assura qu'il avait perçu un *«soyez heureux ici»*, tandis que Margaret confia, très émue, qu'elle avait senti un parfum de roses. Ajoutant:

«Et l'on m'a dit: "Merci, nous partons maintenant..."»

Emmanuel fut soulagé de se retrouver dans le salon. Margaret, blottie contre Jean-Philippe, déclara en reniflant:

«Je pense que ma chère Sylvie est devenue un ange et qu'elle entraîne Jack avec elle, vers d'autres sphères plus élevées! C'était d'une telle beauté, ce que nous avons vécu ce soir! J'ai eu l'impression que Sylvie voulait nous savoir tous heureux avant de quitter sa maison.

– Elle peut être tranquille! répondit Emmanuel. Ma vie va changer maintenant. Disons que je vais l'apprécier, sans crainte cependant de mourir.»

Jean-Philippe se servit un peu de champagne et remplit à demi le verre de Margaret et de son ami.

«Je crois qu'il faut fêter cette soirée extraordinaire! Et porter un toast à Sylvie, qui sera peut-être notre ange gardien, n'est-ce pas, Darling? »

Jean-Philippe approuva, profondément heureux. Margaret tendit la main à Emmanuel et la serra très fort. Leur vie à tous serait douce et paisible. Grâce au hasard... Mais le hasard existe-t-il? Pouvait-elle imaginer, en entrant dans le parc de cette demeure à l'abandon, trois ans plus tôt, qu'elle y vivrait un jour, en compagnie d'un homme qui avait su effacer, enfin, l'image d'Andrews? Pourtant, une force l'avait poussée vers le Refuge aux roses, où l'attendait Sylvie. La belle et tendre Sylvie... que jamais elle n'oublierait.

Épilogue

Margaret Williams devint donc madame Jean-Philippe Tessier.

Comme prévu, ils s'installèrent au Refuge aux roses où ils passèrent ensemble les meilleurs moments de leur vie.

Grâce à eux, Nancy eut l'occasion de revoir Dominique et leur inclination se confirma. Ils célébrèrent un magnifique mariage sous les frondaisons du parc qui résonnèrent des rires, des musiques et des éclats de voix des nombreux invités français, américains et canadiens. Tous les convives reçurent, sans le savoir, les bonnes vibrations et la bénédiction des hôtes de ces lieux, invisibles et bienveillants.

Si vous vous promenez du côté de Pompadour, pourquoi ne pas la chercher, cette mystérieuse et belle demeure, prisonnière des roses et des sortilèges de l'amour? Il en est ainsi des maisons aux allures abandonnées, qui cachent bien des secrets.

On les croit désertes, mais ceux qui ont vécu là, qui ont aimé ou souffert, les habitent peut-être encore. On peut surprendre leurs rires ou leurs larmes et, en déplaçant un objet, perturber un équilibre ordonné par l'au-delà.

Sylvie et Jack se sont trouvés par-delà l'océan et les lois de la logique. Margaret Williams n'a jamais eu peur, elle n'a jamais douté de leur vie éternelle...

Sans doute ces deux amants n'avaient-ils pas eu assez de temps sur terre pour s'aimer? Il leur fallait cet autre monde pressenti où rien n'est impossible. Ce monde parallèle, ce monde proche du nôtre, invisible aussi, qui parfois se laisse deviner, pour peu que l'on ait le cœur et l'âme romantiques.